Impressum

Alle Rechte am Werk liegen beim Autor
J., Jaliah
Da Silva 2
Ein Tag, der alles verändert
Berlin, Dezember 2019
Erstauflage
Lektorat: Günter Bast, Fabienne Ruczinski, Nalan
Cover/Bildgestaltung: Wolkenart – Marie Katharina Wölk

©2019
Herstellung und Verlag: BoD – Books on Demand, Norderstedt.
ISBN 978-3-7504-1667-3

www.jaliahj.de

Da Silva

Ein Tag,

der alles verändert

Da Silvas

Milanda & Dariel

Dario, Diego, Daria, Daniel   Adrian, Sergeo, Abel

Nael

Weitere Personen der Da Silvas:

Nicky
Barim
Ayla *(Adrians Verlobte)*
Milan
Nuno
Jamiel

Kapitel 1

Zwei Monate später

»Was soll das für ein neues Restaurant sein, in dem ein Dresscode besteht?«

Eleonora schickt Davina die zweite Sprachnachricht und wirft das Handy auf ihr Bett. Obwohl man es gar nicht so nennen kann, sie hat viel zu selten darin geschlafen.

Nael ist jetzt knapp drei Monate alt und die letzten Wochen haben sie eigentlich fast jede Nacht bei Dario geschlafen. Sie ist eher selten in ihrer Wohnung, trotzdem hat sie noch nicht daran gedacht sie aufzugeben, dafür ist es noch viel zu früh.

Heute war sie in ihrem ersten Vorkurs für ihr Studium. Die richtigen Kurse wird sie erst belegen, wenn Nael älter ist, noch möchte sie ihn nicht so lange alleine lassen. Sie hat die Möglichkeit, Vorkurse zu belegen, die zweimal die Woche am Nachmittag für je zwei Stunden stattfinden. So bereitet sie sich optimal auf das richtige Studium vor.

Auch wenn sie genau weiß, dass Nael bei seinem Vater bestens aufgehoben ist, ist es ihr nicht leichtgefallen, ihn heute das erste Mal für längere Zeit zurückzulassen. Die letzten Wochen hat sie sich mit Nael eher zurückgezogen. Besonders in der Zeit, nachdem das mit Chapo passiert ist, hat sie das Haus von Dario kaum verlassen.

Im Grunde genommen ist daran auch nichts auszusetzen. Sie hatte eine schwere Geburt und einige sehr schwere Tage hinter sich, sie ist kaum zur Ruhe gekommen und dann ist das noch mit Chapo passiert, dazu die immer stärker werdenden Gefühle für Dario. Sie hat eine Pause gebraucht, für sich, Nael und die Beziehung, die zu Dario entstanden ist. Doch so langsam wird es Zeit, wieder am richtigen Leben teilzunehmen, und dafür hat sie heute den ersten Schritt getan.

Eleonora zieht sich einen zarten Slip an und sucht aus ihrer Kommode das enge schwarze Kleid heraus, was sie von Nura bekommen hat. Es ist das einzige feinere, schwarze Kleid, das sie besitzt.

Davina hat ihr vorgeschlagen, dass sie sich noch zum Essen treffen. Dario hat sofort zugestimmt, da er für heute keine Termine mehr hat.

Er ist gerade erst von einer viertägigen Mexiko-Reise zurückgekommen. Erst hatte Eleonora vor, ihn zu begleiten, doch dann war Nael verschnupft und sie ist doch bei Dario im Haus geblieben, während er geflogen ist. Sie fühlt sich wohl bei ihm, sogar mehr als das. Eleonora genießt die Zeit sehr und liebt das Gefühl, dass sie eine richtige kleine Familie geworden sind.

Mit Dario fühlt sie sich komplett. Anders kann sie gar nicht beschreiben, was für Gefühle sich in den letzten Monaten in ihr aufgebaut haben. Eleonora liebt ihn und genießt die Zeit, die sie zusammen verbringen. Sie waren während der vier Tage seiner Abwesenheit die ersten Tage getrennt, nachdem das mit Chapo passiert ist. Sonst sind sie ständig zusammen. Dario ist zwar täglich unterwegs, um Geschäfte zu erledigen, oder sich um etwas zu kümmern, doch das hält ihn nicht davon ab, auch immer viel Zeit für Nael und sie einzuplanen.

Als er gestern Nacht zurückgekommen ist, hat Eleonora bereits fest geschlafen. Sie hat erst heute früh gemerkt, dass er sich zu ihnen gelegt hat und dann war auch schon Nael wach und hat seinen Vater angelächelt.

In den letzten Wochen hat er sich so schnell verändert. Er ist großer und kräftiger geworden, sein Gesicht verändert sich und die Ähnlichkeit zu Dario wird noch unverkennbarer. Nael liebt es, Menschen zu betrachten, und er lächelt auch seit einigen Tagen hin und wieder. Er ist zu süß, Eleonora kann sich gar nicht satt an ihm sehen und genießt jede Minute mit ihrem Sohn. Es passiert immer wieder, dass sie am Nachmittag kaum zu etwas gekommen ist, weil sie mit Nael auf seiner Krabbeldecke liegt und die Zeit mit ihm genießt.

All das ist noch neu und aufregend und sie vermisst es jetzt schon sehr. Am liebsten wäre sie direkt zurück zu Dario und Nael gefahren, doch sie muss auch mal wieder aus dem Haus kommen. Davina und auch einige andere Freundinnen haben sie alle schon besucht, ihre Mutter ist ebenfalls ständig bei ihnen, doch Eleonora vermisst es, auch mal wieder ganz ungestört mit Davina zu sein, wie vor der Geburt. Deswegen ist sie etwas zwiegespalten, als sie sich jetzt im Spiegel ansieht.

In den letzten Wochen hat sie meistens Shorts und ein Shirt getragen. Sie schminkt sich hin und wieder etwas, doch als sie sich jetzt ihre Haare föhnt und ihre langen Locken herabfallen lässt, statt sie zu einem Knoten oder hohen Zopf zu tragen, wie so oft in letzter Zeit, spürt sie, wie gut es tut, sich mal wieder richtig zurechtzumachen.

Sie steckt sich lange Ohrringe mit vielen goldenen Plättchen an. Der Vorteil, dass sie sich eher selten in der Wohnung aufhält ist, dass sie die Sachen, die hier sind, nicht mehr sehr oft trägt und sich gerade wieder richtig freut, etwas von den Sachen hier benutzen zu können.

Eleonora schminkt sich ihre Augen etwas dunkler und trägt zarten Lippenstift auf. Doch das allein reicht schon, um sich zufrieden im Spiegel anzusehen.

Eleonora nimmt ihr Handy wieder an sich und sieht auf die Uhr. Davina hat noch nicht auf ihre Nachrichten reagiert, sie müsste jeden Moment da sein.

Einen Augenblick überlegt sie, ein Bild von sich zu machen und es Dario zu schicken. Er hat sie eine ganze Weile nicht mehr so fertig gemacht gesehen. Das letzte Mal so richtig eigentlich bei ihrem ersten Aufeinandertreffen. Da hatte sie das gleiche Kleid an, ob er sich daran noch erinnert?

Es klingelt und Eleonora verwirft den Gedanken, nimmt sich aber vor, sich in nächster Zeit auch so mal wieder mehr zurechtzumachen.

Sie schnappt sich ihre Handtasche und löscht alle Lichter, bevor sie die Wohnung verlässt. Sie schaltet beim Hinuntergehen ihr Handy extra noch einmal lauter, damit sie es auch nicht überhört, sollte etwas mit Nael sein. Als sie dann die Haustür öffnet, blickt sie direkt in vertraute dunkle Augen und bleibt stehen.

»Was ... tust du denn hier?«

Eleonora sieht verwirrt zu Dario, der entspannt an einem seiner zahlreichen Autos gelehnt steht und ihr entgegenblickt. In seinen Armen hält er einen großen Strauß mit roten Rosen und Eleonoras Herz hüpft aufgeregt in ihrer Brust, als sich ihre Blicke treffen. Sie liebt es, wenn Dario sie so liebevoll ansieht wie in diesem Moment. Seine Augen wirken dunkel und gefährlich und spiegeln immer wieder, was er im Inneren verbirgt. Sie hat schon oft erlebt, wie sie wütend gefunkelt haben oder wie sie zu strahlen beginnen, wenn er lacht.

Es ist nicht so, als wäre Eleonora noch niemals verliebt gewesen, doch das mit Dario ist anders für sie. Sie entdeckt jeden Tag neue Sachen an ihm, die sie liebt. Besonders wenn sich auf sein Gesicht sein süßes Lächeln schleicht, schlägt ihr Herz schneller.

»Wir haben ein Date.«

Eleonora tritt zu ihm. Sie spürt seine dunklen Augen an ihrem Körper auf- und abwärts gleiten und genießt den Blick auf sich. »Ich bin mit Davina verabredet, und wo ist Nael?« Sie nimmt die Rosen entgegen, küsst zärtlich Darios Lippen und sieht ihn verwundert an.

»Das haben Davina und ich geplant. Unsere Mütter sind bei Nael; als ich gegangen bin, haben sie ihn gerade gefüttert und ihm Bücher vorgelesen. Ich denke nicht, dass er uns sehr vermissen wird.« Eleonora lächelt und legt den Kopf schief. »Davina und du? Ihr plant jetzt sogar schon hinter meinem Rücken?« Liebevoll umfasst er sie und zieht sie enger an sich.

»Seit ich sie von ihrem Stalker befreit habe, sind wir ein Team.« Eleonora lacht laut auf, sie ist froh, dass sich Dario und Davina so gut verstehen. »Ich würde den armen Kerl nicht unbedingt als Stalker bezeichnen, er ist sicherlich immer noch völlig verstört.«

Vertraute Hände fahren an ihre Hüfte und tiefer.

»Ich habe ihn nur gewarnt.« Eleonora hebt die Augenbrauen. »Ich habe deine Bewegung mit dem Finger an der Kehle gesehen. Der Mann wagt es sich sicher nie wieder, eine Frau auch nur anzusehen.« Dario lacht laut auf. »Auf jeden Fall habe ich sie gebeten, dich herzulocken. Ich denke, es wird endlich Zeit für unser erstes Date.«

Eine der vielen Eigenschaften, die sie an Dario so liebt, ist seine Aufmerksamkeit. Er kümmert sich sehr um Eleonora und achtet darauf, dass immer alles in Ordnung ist. Sie hat ihm letztens gesagt, dass sie es schade findet, dass sie ja niemals ein normales Kennenlernen hatten. Nie ein richtiges Date oder Zeit nur für sich zusammen.

Sie versteht, was Dario hier geplant hat und blickt ihm in die Augen.

Sie nähert sich, ihre Nase berührt seine und sie lächelt, als sie sanft seine Hände von ihrem Po nimmt. »Dann, mein Lieber, solltest du aber wissen, dass ich so schnell eigentlich keinen Mann an mich heranlasse.« In Darios Augen sieht man das Funkeln seines Lachens und er dreht sich um, um Eleonora die Beifahrertür zu öffnen. »Natürlich nicht. Dann einsteigen, meine Hübsche, lass uns unser erstes Date genießen.«

Bevor er losfährt, sieht Dario noch einmal zu ihr und lächelt. »Du siehst wunderschön aus.« Es kommt oft vor, dass Dario ihr Komplimente macht. Selbst, wenn sie nur sein Shirt und eine Bikinihose trägt, umarmt er sie und flüstert ihr ins Ohr, wie sexy er sie findet, er ist sehr aufmerksam, was all diese Kleinigkeiten betrifft, doch dieses Mal werden Eleonoras Wangen warm und sie lächelt zurück.

»Danke, das Kleid hatte ich an dem Abend an, als wir zu eurer Party gekommen sind, als wir uns das erste Mal gesehen haben.« Dario gibt Gas und greift nach ihrer Hand. Sie verschränken ihre Finger miteinander. »Wirklich? Ich habe auf alles geachtet, aber nicht auf dein Kleid.« Eleonora schüttelt den Kopf und sieht aus dem Fenster. Jedes Mal wenn sie an ihre Geschichte denkt, kommt ihr all das so unwirklich vor. »Ich wollte nicht einmal zu eurer Feier kommen und dann ist all das daraus entstanden.« Dario hebt ihre verschlungenen Hände an seine Lippen und küsst ihren Handrücken.

»Es sollte so sein. Ich glaube nicht an Zufälle, ich denke, das war Schicksal und wenn wir uns nicht dort begegnet wären, dann sicherlich woanders.«

Er verlässt die Stadt über die Schnellstraße.

Eleonora hat aufgehört, über all die Zufälle der letzten Wochen und Monate nachzudenken, sie ist glücklich und dankbar, dass alles so gekommen ist wie es ist und das ist alles was zählt. Es ist schon spät und langsam geht die Sonne unter, Dario fährt auf einen Hügel außerhalb von San Juan.

»Wohin fährst du?« Eleonora hat Hunger, sie hatte ja geplant, mit Davina essen zu gehen. »Es ist eine Überraschung. Ich wollte etwas Besonderes an unserem ersten Date und deswegen musste es auch unbedingt heute sein.« Sie fahren in eine Parkbucht. Eleonora kennt den Ort hier, man kommt hier vorbei, wenn man aus San Juan zum Meer fährt, doch noch nie hat sie hier gehalten.

»Bist du bereit?« Dario steigt aus und hält ihr seine Hand hin, nachdem er ihre Tür geöffnet hat. »Ich bin gespannt.« Er nimmt wieder ihre Hand und sie gehen zum Kofferraum, aus dem er mehrere Tüten und eine große Decke holt. Offenbar hat er vor, ein Picknick zu machen, was Eleonora schon niedlich genug findet. Es ist für ihn kein Problem, sie in das schickste und beste Restaurant zu bringen und sich somit keine Umstände zu machen, doch er scheint sich über all das wirklich Gedanken gemacht zu haben.

Eleonora nimmt die weiche Decke und Dario trägt die Tüten; er führt sie durch einen versteckten Trampelpfad zu einer erhöhten Aussichtsplattform und sie stockt beim Anblick, der sich ihr bietet. Sie können von hier auf San Juan blicken, es ist wunderschön und der sich langsam verfärbende Himmel lässt all das noch viel schöner wirken.

»Es ist atemberaubend, ich wusste nichts von diesem Ort.« Dario nimmt ihr die Decke ab und breitet sie auf der Plattform aus. Sie sind ganz allein hier, nur wenige werden diesen Ort kennen. »Wirklich nicht? Diego und ich sind oft hier, besonders, wenn wir alleine Entscheidungen treffen müssen oder mal eine Weile brauchen, um den Kopf freizubekommen.«

Eleonora sieht ihm in die Augen, als er die Decke ausgelegt hat und ihr andeutet, sich hinzusetzen. Sie hat in den letzten Wochen mitbekommen, wie schwer diese Aufgabe als Anführer für Dario manchmal ist. Sie hat ihm oft dabei zugehört, wie er stundenlange Gespräche und Verhandlungen geführt hat. Sie bemerkt, wie erschöpft er oft nach Hause kommt und wie schwer es ist, all das unter Kontrolle zu halten, deswegen versteht sie, dass er und sein Bruder hin und wieder eine Auszeit brauchen.

Sie setzt sich. In der Decke waren auch einige weiche Kissen eingeschlagen und es ist sehr gemütlich. Sie nimmt die Tüten an sich und stellt erleichtert fest, dass darin leckere Platten mit Essen sind, und als sie diese auspackt, treten ihr einen Moment Tränen in die Augen.

Dario hat aus drei verschiedenen Restaurants alles geholt, was Eleonora liebt. Es gibt ihre Lieblingspizza, ihre Lieblingspaella aus einem anderen Laden und den besten Kuchen, den man in San Juan bekommen kann.

In einer weiteren Tüte sind kleine elektronische Laternen, die Dario anschaltet und neben die Decke legt, und Eleonora gibt ihm einen Kuss, als er sich dann endlich zu ihr setzt. »Du hast dir so viel Mühe gegeben. Danke. Es ist wirklich etwas ganz Besonderes.« Dario lacht und gießt ihr etwas zu trinken ein, dabei sieht er auf seine Uhr. »Das wirklich Besondere kommt erst noch.«

Sie essen und Eleonora streift sich die Schuhe von ihren Füßen und macht es sich bequem.

»Also, wenn wir uns nicht durch diese Party und dann Nael kennengelernt hätten und dieses erste Date hätten, würdest du auch so mein Herz ganz schnell erobern. Denkst du, wenn du mich so getroffen hättest … einfach am Hafen oder sonst wo, hättest du mich überhaupt wahrgenommen?«

Dario reicht ihr ein Stück Pizza. »Ich habe dich auch auf der Party sofort wahrgenommen. Also ja … das hätte ich.« Eleonora lächelt und zuckt die Schultern. »Das ist wirklich eine schöne Idee von dir. Wir haben nie die Möglichkeit gehabt, eine normale Beziehung aufzubauen. Ich meine, wir haben uns kennengelernt und hatten unseren Sohn dabei an unserer Seite. Wir haben so selten Zeit alleine zusammen verbracht, dass ich mir sicher bin, dass andere Beziehungen vielleicht schon kaputt daran gegangen wären oder vielleicht gar nicht erst entstanden wären.«

Sie reicht Dario die Paella. Sie wird nicht ganz so viel davon essen, sie möchte unbedingt noch vom Kuchen probieren. »Das stimmt schon. Ich meine, niemand von uns war auf eine Beziehung aus, doch jetzt bin ich einfach nur dankbar, dass du und Nael in meinem Leben seid … warte, es fängt an.«

Dario setzt sich hinter sie und umschlingt sie mit seinen Armen. Eleonora lehnt sich an seine Brust zurück und sieht zum Himmel, der mittlerweile in den schönsten Tönen des Abendhimmels erstrahlt.

»Was fängt …?« Da sieht sie es. Nach und nach erscheinen am Himmel über San Juan Hunderte von Heißluftballons. Wunderschöne bunte, mit Lichtern versehene Luftballons; das Bild, was sich vor ihnen auftut, ist gigantisch. »Der Heißluftballonwettbewerb, ich hatte ganz vergessen, dass er heute ist, dabei habe ich dir noch davon erzählt. Es ist so schön, sieh doch, wie sie alle zusammen aussehen.«

Dario küsst Eleonoras Schulter. Das Bild, was sich ihnen in den nächsten Minuten zeigt, ist so beeindruckend, dass sie all das eingekuschelt zusammen genießen. Es wird immer dunkler, und als die Heißluftballons hell erleuchtet durch die Nacht gleiten, essen sie zusammen noch den Kuchen und Eleonora kuschelt sich weiter an Dario.

»Und? Habe ich eine Chance bei dir? Vielleicht werden wir irgendwann einen großartigen Sohn zusammen haben.« Dario grinst sie frech an, als sie sich zu ihm umwendet und er sie in einen Teil der Decke einhüllt, da es langsam frischer wird.

Sie sieht ihm in sein durch die Laternen und die Heißluftballons in wunderschönes Licht getauchtes Gesicht. »Ja, ich denke, das hast du.« Sie beugt sich vor und küsst ihn. Der Kuss ist sehr zärtlich, sie möchte ihm zeigen, wie viel er ihr mittlerweile bedeutet und wie dankbar sie ist, ihn in ihrem Leben zu haben.

Dario zieht sie enger an sich und beendet den Kuss. Er küsst ihre Stirn und zieht sie komplett auf seinen Schoß, seine Hand streicht über ihre Wange und er sieht ihr in die Augen.

»Vielleicht hat das Schicksal uns zusammengeführt und wir sind vor vollendete Tatsachen gestellt worden mit Naels Geburt, doch dass ich dich liebe und wie sehr ich dich bereits liebe, das war meine eigene Entscheidung und die meines Herzens.«

Eleonora lächelt und weiß, dass er recht hat. Sie haben zusammengefunden und das aus freiem Herzen, sie kann nur hoffen, dass das nichts mehr ändern wird.

Kapitel 2

Dario öffnet die Augen und schließt sie sofort wieder.

Er atmet tief aus und genießt diese absolute Ruhe. Es ist mittlerweile schon richtig ungewohnt für ihn, in solch einer Stille wachzuwerden. Meistens macht Nael sie wach oder sein Handy, weil er zu einem Termin muss.

In der letzten Zeit hat Dario solche Reisen vermieden. Er war gerade erst einige Tage weg und hatte Eleonora mit einem Date überrascht, aber schon am nächsten Abend musste er sich auf den Weg nach Mexiko machen. Besonders mit den Mexikanern sind in letzter Zeit die Geschäfte sehr schwer geworden.

Adrian hatte gehofft, seine Verlobung mit Ayla würde das eh schon immer angespannte Verhältnis zwischen den Familias beruhigen, doch besonders seit sein Interesse an Ayla nicht mehr ganz so stark wie vorher ist, meldet sich die Familie von ihr öfter und hat schon zwei große Geschäfte eingestellt. Adrians Verlobte ist seit einigen Tagen wieder zurück in Mexiko und ihr Vater hat Dario immer wieder angerufen, deswegen hat er beschlossen, jetzt selbst hinzufliegen und das zu klären.

Da man in Mexiko nie ganz sicher sein kann, ob man sich am Ende des Tages die Hand reicht oder seine Waffen zieht, hat er auch dieses Mal Nael und Eleonora nicht mitnehmen können.

Er streckt sich im Bett aus und weigert sich, die Augen zu öffnen. Er liebt seinen Sohn mehr als alles andere, doch manche Nächte sind echt hart.

Trotzdem vermisst er Eleonora und den Kleinen sofort und nimmt sein Handy an sich, um sie per Videoanruf anzurufen. Eleonora ist mit Nael bereits im Garten seines Hauses, in dem sie, seit sie richtig zusammengefunden haben, eigentlich jeden Tag verbringen. Sie warten auf Davina und fahren dann zu ihrer alten Arbeitsstelle ihre Kolleginnen besuchen. Während Eleonora Nael das Handy hinhält, grinst sein Sohn frech über seine Wangen. Dario weiß nicht, ob er ihn erkennt oder über den Bildschirm überhaupt sehen kann, doch er ist dankbar für all das, was Eleonora und Nael ihm geben und fühlt sich ausgeruht und glücklich, als er kurz danach duschen geht und dann sein Schlafzimmer verlässt und nach seinen Männern sieht.

Sie sind zu zehnt hier. Dario, Diego, Adrian, Nicky und einige weitere Männer seiner Familia. Er hätte am liebsten noch mehr mitgenommen, doch dann hätten sie klar gezeigt, dass sie zurzeit kein Vertrauen in die Mexikaner haben und das wäre kein kluger Schachzug. Sie müssen versuchen alle zu beruhigen, alles andere wäre zu anstrengend.

Das Leben als Anführer einer Familia ist nicht immer nur gewalttätig und klar strukturiert. Manchmal muss man auch Fingerspitzengefühl zeigen und das fällt Dario schwerer, als er am Anfang gedacht hat. Natürlich müssten sie nicht versuchen, auf die Mexikaner zuzugehen, sie beide profitieren voneinander und am Ende ist Puerto Rico mächtiger, doch weshalb sollten sie all das riskieren? Zumindest sollten sie versuchen, erst einmal einen anderen Weg zu gehen.

Dario hat sich nur eine Sportshorts übergezogen und geht nach unten, wo Nicky und Adrian mit einem weiteren seiner Männer an einer Konsole zocken. »Morgen, sind schon alle wach?« Die drei sind vertieft in ihr Spiel, nur Nicky schüttelt kurz den Kopf. »Die anderen schlafen noch. Es wurde gerade etwas geliefert, mit schönen Grüßen von Aylas Familie.«

Er geht in die Küche und sieht auf die vielen Frühstücksplatten, die neben frischen Brötchen und Croissants aufgestellt sind. »Hast du schon mit Ayla gesprochen, oder muss ich Angst vor einer Vergiftung haben, wenn ich davon etwas esse?« Adrian wendet sich zu ihm um und zieht genervt die Augenbrauen wieder hoch. »Ich habe doch gesagt, ich bekomme das wieder hin. Ich spreche mit Ayla … sie geht gerade nur nicht an ihr Handy.« Nicky lacht auf.

»Du kannst essen, wir drei haben schon einiges davon gegessen und es geht uns blendend.«

Dario schnauft auf und sieht auf die vielen Alkoholflaschen, die im Zimmer herumstehen, genau die drei haben gestern Abend bereits zusammengesessen und einen Großteil der Flaschen getrunken, bei der Menge kann es ihnen nicht so blendend gehen, wie sie jetzt behaupten.

Da die Auswahl so groß ist, lässt sich Dario Zeit. Er isst von allem etwas und nach und nach werden die anderen Männer wach. Sie haben noch etwas Zeit, bis sie zum Haus von Ayla und ihrer Familie fahren und die verbringen sie entspannt am Pool. Diego hatte noch einen Termin mit einem Lieferanten vereinbart und erledigt diesen allein. Dario spürt, dass er diese Ruhe, die er in den paar Stunden bekommt, gut gebrauchen kann.

Erst am späten Nachmittag machen sie sich dann fertig und fahren in mehreren Mietwagen zum Anwesen der Familie.

Die Da Silvas und die Kaberanos machen schon eine ganze Weile Geschäfte miteinander. Ihre Väter haben sich gut verstanden, doch Dario und der neue Anführer Arturo, der Bruder von Ayla, trauen sich nicht über den Weg. Die Geschäfte sind dadurch weniger geworden und das haben beide Seiten finanziell gespürt. Bei einer Hochzeit haben sich ihre Väter wiedergesehen und Adrian hat das erste Mal Ayla gesehen. Während ihre Väter besprochen haben, was sie ändern können, damit die Geschäfte besser laufen, hat sich Adrian mit Ayla zurückgezogen. Und bevor die Männer eine Lösung finden konnten, haben es Ayla und Adrian schon getan, indem sie ihre Verlobung bekanntgegeben haben. Das alles innerhalb weniger Tage.

Sie alle haben auf ihn eingeredet, versucht, es ihm auszureden, sich das genau zu überlegen, doch Adrian hat ihnen versichert, dass er es ernst meint. Nur ein paar Monate später fahren sie nun zu dem Haus der Familie und müssen sehen, was von alldem noch übrig ist und wo sie alle nun stehen.

Adrian und Ayla haben immer glücklich gewirkt. Ayla ist eine hübsche Frau, doch natürlich ist sie als Tochter des Anführers der Kaberanos einen gewissen Standard gewohnt und hat eine eigene Art des Lebens. Adrian war sehr schnell von ihren ewigen Spa-Besuchen, den ständigen Shoppingreisen mit Freundinnen und ihrem ewigen Drängen nach Aufmerksamkeiten in Form von Geschenken genervt.

Man hat sehr schnell gemerkt, dass das Interesse nachgelassen hat und sich Adrian wieder mehr den Frauen auf ihren Partys zugewandt hat. Trotzdem hat er die Verlobung zu Ayla aufrechterhalten und sie bei Laune gehalten. Doch irgendwann in den letzten Wochen muss etwas passiert sein. Adrian hat sich immer mehr auf eine andere Frau konzentriert: Tanja, eine von Eleonoras alten Freundinnen, die immer mal wieder bei ihnen feiern war.

Dario weiß gar nicht genau, was da alles zwischen den beiden war, doch Adrian hat ihm vor ihrem Abflug versichert, dass der Kontakt abgebrochen ist und er das mit Ayla wieder hinbekommen wird. Er kann nur hoffen, dass das wirklich so ist. Er liebt seinen Cousin und er möchte nur das Beste für ihn. Das hat er ihm auch gesagt, und wenn er wirklich unglücklich mit dieser Entscheidung ist, werden sie alle hinter ihm stehen und das in Ordnung bringen, doch er ist sich wieder absolut sicher, dass die Verlobung mit Ayla gut ist, und Dario kann nur hoffen, dass er nicht wieder von diesem Weg abkommt.

Das Anwesen der Kaberanos ist eigentlich eher ein Gebiet. Es erstreckt sich über eine große Fläche. Sie fahren schon seit zwanzig Minuten durch Kontrollposten, bevor sie überhaupt die ersten Häuser erreichen. Dario war früher schon hier, immer mal wieder mit seinem Vater, doch er allein als Anführer der Da Silvas noch nie, sie haben sie sonst immer in Puerto Rico besucht.

Was ihm sofort auffällt: Die Häuser hier sehen alle abrisswürdig aus, es gibt kleinere Geschäfte und alle Männer, die hier herumlaufen, sind Männer der Kaberanos, doch sie scheinen nicht sehr viel vom Reichtum der Familie abzubekommen. Ihm ist schon öfter zu

Ohren gekommen, dass Arturo und sein Vater ihre Männer nicht gut behandeln, nun sieht er es mit eigenen Augen.

Die Straßen sind dreckig, die Häuser verlebt, weder die Männer noch die Kinder und Frauen, die hier leben, sehen nach dem Reichtum aus, den die Familia definitiv besitzt. Dario hat es nicht geglaubt, als er damals gehört hat, wie die Kaberanos ihre Männer behandeln, nun erkennt er, dass das nicht nur Gerüchte waren. Aber trotzdem haben alle diese Männer auf der Schläfe das K13 tätowiert, das Zeichen der Familia, was einige Männer sogar auf der gesamten Gesichtshälfte tragen. Diese Familia erinnert mehr an eine wilde Straßengang als an eine Familia mit Strukturen und Macht, zumindest, bis sie näher ans Haupthaus kommen.

Je weiter sie fahren, umso enger werden die Straßen und die Kontrollen stärker, und nach der letzten Kontrolle eröffnet sich ihnen ein komplett anderes Bild. Die Straße wird sauberer, besser betoniert, es stehen Palmen herum und sie fahren auf eine große Villa zu. Offenbar hat die Hauptfamilie als Einzige hier etwas vom Geld der Familie.

Als ihre Wagenkolonne vor der Villa hält, stehen schon mehrere Männer in feinen Anzügen und mit Kopfhörer im Ohr bereit und parken die Autos für sie.

Arturo und sein Vater stehen vor der Tür, und genau wie das Verhältnis auch zwischen ihnen ist, grinst der Vater über beide Wangen und hebt die Arme, um Dario und Diego einen kurzen Moment zu umarmen und willkommen zu heißen. Arturo sieht ihnen nur mit hochgezogenen Augenbrauen entgegen und nickt leicht.

Adrian umarmt der Vater ebenfalls, doch flüstert er ihm auch gleich einige Worte zu und sein Sohn tötet Adrian fast mit seinen Blicken. Dario beschließt, Adrian bei sich zu behalten, als sie alle dann den beiden Männern in die Villa folgen, wo weitere Männer auf sie warten. Offenbar haben sich die engsten Kreise hier versammelt, und obwohl hier die besten Männer der Kaberanos sind, erkennt man deutlich den Unterschied zwischen ihnen und Arturo und seinem Vater. Die Familie scheint ganz klare Abstriche zu machen, was ihre Männer und ihr Vermögen angeht.

Es erscheinen noch zwei Cousins und ein jüngerer Bruder, denen man genau wie Arturo und seinem Vater ihren Reichtum ansieht.

Schon von Anfang an hatte Dario ein komisches Gefühl im Magen. Er mag den Vater, er hat bisher immer einen recht guten Eindruck bei ihm hinterlassen, doch wenn er sich jetzt so umsieht, wächst seine Abneigung gegen die Familie immer mehr. Es ist kein Geheimnis, dass die Da Silvas über viel mehr Geld und Macht als sie verfügen, doch sie geben sich normal. Natürlich tragen sie alle eine teure Uhr am Handgelenk und haben die neuesten Handys und Autos, doch sie tragen trotzdem normale Hosen, Shorts, Jogginghosen und Sneakers.

Sie lassen sich nicht so gehen wie die Männer vor den Toren dieser übertrieben vergoldeten Luxusvilla hier, die meist mit Unterhemd und eher schmutzigen Sachen ausgestattet waren, doch sie kleiden sich eher leger, wenn er sich nun Arturo und seinen Bruder ansieht, die mit schweren Goldketten behängt sind, erkennt man das mehr als deutlich. Arturo hat ein Sakko an, was so aussieht, als wäre es aus echtem Leopardenfell gemacht und es fällt Dario schwer, ihn so ernst zu nehmen, doch sie setzen sich an einen goldenen Tisch in den Garten, wo zwei weiße Löwen im Schatten angebunden an Ketten liegen.

Diego schüttelt nur leicht den Kopf und wechselt einen Blick mit Dario. Das ganze Haus ist einfach nur überteuert eingerichtet, das hat nichts mit Eleganz und Stil zu tun. Mehrere Hausmädchen bringen ihnen Getränke, Sandwiches und Gebäck, und Arturos Vater fragt, wie ihnen das Haus gefällt und ob sie sich in Mexiko wohlfühlen. Es wird Smalltalk gehalten, er erkundigt sich nach ihrem Vater und dann erscheint Ayla auf der Terrasse.

Auch Ayla kam Dario schon immer etwas zu übertrieben gekleidet und zu aufgesetzt vor, doch jetzt neben ihren Brüdern und den

22

anderen scheint sie noch relativ harmlos zu sein. Sie trägt ein enges Kleid in Schlangenoptik und Schuhe, die sie sicherlich um zwei Köpfe größer wirken lassen. Ayla begrüßt sie nur zaghaft, alle sehen zu Adrian und der steht auf und geht zu Ayla.

»Vielleicht sollten wir klären, wieso ...« Arturo spricht das erste Mal heute und Diego unterbricht ihn sofort, offenbar hat nicht nur Dario diese Abneigung gegen diesen Mann. »Das sind erwachsene Menschen, sie sollten selbst klären, was da zwischen ihnen ist.« Sie alle sehen zu, wie Adrian und Ayla zusammen in den Garten gehen, der sehr weitläufig scheint.

Arturos Vater lacht auf und nickt. »Ihr habt recht, sie wissen schon, was sie tun. Das ist nicht der Grund, wieso ich um ein Gespräch gebeten habe. Ich bin, muss ich sagen, etwas hin- und hergerissen. Ihr wisst um die lange und tiefe Freundschaft zwischen unseren Familias und vor einigen Tagen hat sich ein Mann bei uns gemeldet. Ein Barim.«

Augenblicklich gehen bei Dario alle Alarmglocken los.

Arturo sieht ihm ins Gesicht, erwartet eine Reaktion, während sein Vater weiterspricht, doch die wird er nicht bekommen, dafür ist Dario zu eingeübt, entspannt zu wirken.

»Dieser Mann, den ich schon öfter an eurer Seite gesehen habe, hat mir erklärt, dass er nicht mehr zu eurer Familia gehört und dass er mir gerne seine Dienste anbieten würde und mir helfen könnte, euch zu Fall zu bringen.«

Dario sieht einen Augenblick zu Nicky, dem man die Wut darüber sofort ansieht.

»Das stimmt. Ich habe ihn verjagt. Wisst ihr, ich erkläre euch mal kurz unsere Prinzipien: Wir sind eine Familia. Wir alle. Natürlich gibt es die engeren Kreise, doch wir sorgen für jeden unserer Männer und wir sind eine starke Einheit. Wenn einer dieser Männer beginnt, wegen irgendetwas aus der Reihe zu tanzen und Streit innerhalb der Familia zu verursachen und Sachen wie Frauen, Rache oder sonst etwas wichtiger nimmt als die Da Silvas zu stärken, hat er in unseren Reihen nichts verloren. Wir sind da sehr streng. Ich möchte mich nicht umsehen müssen und nicht wissen, ob auch alle Männer hinter mir stehen, ich weiß es, indem ich solche Männer aus unseren Reihen fernhalte.«

Er sieht Arturo und seinem Vater genau ins Gesicht.

»Dasselbe gilt auch für unsere Geschäftspartner. Wenn jemand daran denkt, die Männer, die wir haben, fallen zu lassen, weil sie sich nicht loyal verhalten, aufzulesen und gegen uns zu verwenden, werden aus Freunden so schnell Feinde, dass sie es noch nicht mal schaffen, ihre Waffe zu ziehen und bereit zu sein ...«

Einen Moment lang sind alle still, man erkennt genau, wie sauer Arturo über die offene Drohung von Dario ist, doch seines Vaters lautes Lachen unterbricht die Situation. Er klatscht in die Hände.

»Du bist deinem Vater so ähnlich, ich mag eure Art, die Familia zu führen. Natürlich haben wir ihn weggeschickt, doch seid gewarnt. Er wird nicht nur an unserer Tür klopfen und er hat gesagt, dass man dich momentan am besten über deinen neugeborenen Sohn treffen kann. Wir als alte Freunde der Da Silvas wollten euch nur warnen und hoffen, dass die Loyalität, die du gerade angesprochen hast, der Zusammenhalt der Familia, dann auch bald uns alle betreffen wird.«

Er deutet zum Garten, wo aus einer Ecke Adrian und Ayla kommen. Er hat ihre Hand in seiner und deutet Dario, dass alles wieder gut ist.

Darios Blut kocht, nachdem sie Nael erwähnt haben. Er muss Barim suchen und zur Verantwortung ziehen, doch erst einmal nickt er nur und sieht Adrian in die Augen, der mit Ayla zu ihnen kommt. Er hat kein gutes Gefühl bei der Sache.

Dieses Gefühl ändert sich auch nicht, als sie einige Zeit später die Villa wieder verlassen. Adrian nimmt Ayla mit und ihr Vater verspricht ihnen noch einige Überraschungen, bevor sie morgen zurückfliegen. Sein Bruder versucht, Dario etwas auf andere Gedanken zu bringen. Sie treffen noch einen neuen Geschäftspartner und wickeln ein gutes Geschäft ab, doch es brennt auf Darios Haut, dass Nael nun als Mittel gegen ihn gesehen wird und irgendwelche Leute wirklich daran denken könnten, ihm etwas anzutun.

Sie haben das schon einmal erlebt, sie waren unerschütterlich und sie haben seine Familie tief getroffen, indem sie seine Schwester entführt haben. Keiner weiß bis heute, was mit ihr passiert ist, und wenn das irgendjemand mit Nael versuchen sollte … allein beim Gedanken daran dreht sich alles in seinem Magen.

Diego kennt ihn. Auf dem Weg zurück rauchen sie zusammen etwas, was Dario sich ein wenig leichter fühlen lässt und er seine Gedanken wenigstens etwas in den Griff bekommt. Sobald sie die Villa betreten, schlägt ihnen der Duft vom Grill und laute Musik entgegen.

Es sind sexy Frauen hier, die nur in Bikinis herumlaufen. Die Männer amüsieren sich, es wird getanzt, gegessen und getrunken. Nicky bringt ihnen Bier und Dario setzt sich entspannt auf eine Poolliege.

Das alles mit Mexiko gefällt ihm nicht, doch es ist auch zu wichtig, um die Geschäfte sein zu lassen. Von Adrian und Ayla ist nirgends etwas zu sehen, wahrscheinlich finden sie wieder richtig zusammen und als dann sein Handy klingelt, bemerkt er erst, dass Eleonora ihm mehrere Nachrichten geschrieben hat und versucht hat anzurufen.

Er nimmt den Videoanruf entgegen und sieht in die wunderschönen Mandelaugen der Frau, die er liebt.

»Dario … endlich. Ich habe mir Sorgen gemacht, wieso konnte ich dich den ganzen Tag nicht erreichen?«

Er lehnt sich zurück und lächelt. »Ich hatte einige Termine und habe das nicht mitbekommen, ist alles klar bei euch?«

Eleonora scheint in ihrem Schlafzimmer zu sein, sie sitzt auf einem Bett. Dario ist zu benebelt, um genau zu erkennen, ob das sein Bett ist.

»Bei uns ja ... aber was ist bei dir? Deine Stimme hört sich so anders an und deine Augen .... hast du etwas genommen?« Dario will gerade etwas antworten, da schmiegt sich eine lockige mexikanische Schönheit im Bikini an ihn. »Hi Papi, ich denke, du könntest etwas Gesellschaft ...«

Diego, der neben Dario sitzt, deutet der Frau zu verschwinden, doch es ist zu spät. Natürlich kennen sich Dario und Eleonora noch nicht sehr lange, doch er hat sie noch nie so wütend wie in diesem Moment gesehen. »Das ist doch nicht dein Ernst? Ich mache mir den ganzen Tag Gedanken und du ... viel Spaß noch!«

Dario flucht auf, er kann nicht so schnell reagieren wie sonst, der Stoff ist gut, den sein Bruder besorgt hat, doch er versucht Eleonora sofort zurückzurufen, nachdem sie einfach aufgelegt hat, aber ihr Handy ist aus, was ihn erneut zum Fluchen bringt. Müde lehnt er sich zurück und Diego und Nicky, die beide neben ihm liegen, lachen laut los.

»Wir haben dir immer gesagt, sobald man etwas Ernstes anfängt, wird es anstrengend!«

Kapitel 3

»Du weißt, dass ich Dario sehr mag und ich mich unglaublich für dich freue, dass du so glücklich mit ihm bist, doch ich habe manchmal Angst, dass du dich selbst in dieser Beziehung vergisst.«

Eleonora legt ihr Handy weg und sieht Davina in die Augen.

Sie haben einen schönen Nachmittag zusammen verbracht und waren auf ihrer alten Arbeitsstelle. Eleonora mag es, dort zu sein, es erinnert sie immer an ihre unbeschwerte Zeit, wo ihre einzige Verantwortung für sich selbst bestand.

»Ich mache mir nur Sorgen. Dario ist sonst immer sehr zuverlässig und meldet sich viel. Ich weiß, ich sollte … nicht so … verkrampft sein, was ihn betrifft, doch er ist ja auch nicht gerade auf einer Friedensmission unterwegs.« Davina lacht und sie räumen zusammen die Küche auf. Nachdem sie auf der Arbeit waren, haben sie sich noch einige frische Zutaten besorgt und zusammen gekocht. Bis gerade eben haben sie im Garten zusammen gesessen, und jetzt macht sich Davina langsam auf den Weg nach Hause, da sie morgen früh wieder arbeiten muss und es schon spät ist.

Nael schläft im kleinen Beistellbett, das im Wohnzimmer aufgestellt ist. »Er wird sich schon melden, Eleonora, versuch entspannter zu sein. Ihr seid noch nicht lange zusammen und im Normalfall würdest du einem Mann doch auch nicht so schnell solch einen Druck machen, er ist der Vater deines Sohnes, das ist klar, doch deswegen seid ihr nicht zusammengekommen. Versuch, das mit Dario entspannter zu sehen. Du warst völlig neben der Spur, weil er sich nicht gemeldet hat, deine ganze Aufmerksamkeit liegt bei Dario oder Nael, pass bloß auf, dass du dich zwischen all dem nicht selbst verlierst.«

Sie begleitet Davina zur Haustür.

»Ich weiß, was du meinst, ich ertappe mich selbst immer wieder, wie ich etwas tue und gleich denke, was machst du denn da? Das passt gar nicht zu mir. Doch dann denke ich auch, woher soll ich wissen, was zu mir passt oder nicht? Ich war lange Single, jetzt habe ich einen Sohn und einen Mann an meiner Seite und mein gesamtes Leben hat sich geändert. Es fällt mir noch schwer, damit umzugehen, doch ich fühle mich sehr wohl … eigentlich, und jetzt mit den Kursen tue ich auch wieder mehr für mich. Das braucht alles nur seine Zeit, schätze ich mal.«

Davina umarmt sie. »Und wenn nicht, bin ich jederzeit da, um dir das Handy aus der Hand zu nehmen und dich daran zu erinnern, dass du es nicht nötig hast, jemandem hinterherzutelefonieren und du dich wieder mal amüsieren solltest. Ruf mich morgen an.«

Eleonora lächelt und sieht zu, wie Davina in den kleinen Mini steigt, den sie sich vor einigen Wochen geholt hat. Er war eigentlich zu teuer, doch Dario kannte natürlich den Händler und mit einigen Prozenten hat es doch geklappt, und nun ist Davina ganz stolz auf ihr kleines Auto.

Nachdem ihre Freundin weggefahren ist, schließt Eleonora die Haustür und seufzt leise aus. Sie mag es nicht, alleine hier zu sein. Das Haus ist zu groß, und auch wenn sie sich hier schon sehr wohl fühlt, ist es nicht komplett das Gefühl, als wäre das hier jetzt auch ihr Zuhause. Es fühlt sich so an, wenn Dario da ist, wenn sie in seinen Armen liegt und Nael neben ihnen, dann kann sie das langsam sagen, jetzt gerade eher nicht.

Eleonora nimmt Nael auf den Arm und löscht das Licht im Erdgeschoss. Sie überprüft, ob alle Türen zu sind, was eigentlich nicht nötig ist. Dario hat ihr oft genug erklärt, wie sicher sie hier sind, und sie spürt das auch, doch trotzdem könnte sie nicht mit geöffneten Verandatüren schlafen, wie Dario das ständig macht.

Dario, Dario, Dario … wahrscheinlich hat Davina recht und ihre Gedanken kreisen zu viel um ihn, als dass es gut wäre. Sie weiß, wie wichtig es ist, eine gewisse Distanz zu wahren und sich selbst nicht aus den Augen zu verlieren in den Anfängen einer Beziehung, doch die Gefühle für ihn waren von Anfang an so stark, dass sie sich mit ganzem Herzen darauf eingelassen hat. Wer weiß, ob das so eine gute Idee war. Von außen betrachtet würde sie sich selbst wahrscheinlich auch raten, etwas langsamer zu machen, doch es fällt ihr schwer, das selbst auch einzuhalten.

Sie legt Nael in sein Bett im Schlafzimmer und springt schnell unter die Dusche. Als sie dann aus der Dusche kommt, blickt sie in den Spiegel. Sie versucht, sich ihr Spiegelbild vor das innere Auge zu holen, an dem Tag, als sie nachts auf die Party gegangen sind, die ihr gesamtes Leben verändert hat. An dem Tag, als sie so enttäuscht und wütend über ihre eigene Dummheit war, weil sie auf einen Typen wie Benny hereingefallen ist.

Im Grunde hat sie sich nicht sehr stark verändert.

Sie schminkt sich weniger, hat Augenringe, die sie damals noch nicht hatte. Eleonora wischt die Beschläge des warmen Wassers vom Spiegel und sieht genauer hin. Sie ist müde, und auch wenn man im ersten Moment vielleicht nicht viel Veränderung sieht, erkennt Eleonora es doch in diesem Augenblick.

Sie ist erwachsen geworden. Sie ist nicht mehr die junge unbeschwerte Frau von damals. Sie ist eine Mutter geworden, eine Frau, die Leben auf die Welt gebracht hat und die das erste Mal erfahren hat, was wahre Liebe ist und Angst. Angst, das zu verlieren, was man so unendlich liebt.

Ihre Augen funkeln mehr, ihre Gesichtszüge wirken reifer, doch in dem Moment empfindet Eleonora das als sexy, es macht sie weiblicher. Sie lässt das Handtuch fallen und sieht auf ihre Figur. Ihre Haare sind lang geworden in den letzten Wochen und ihre Locken kringeln sich um ihre Brüste, bis sie sie nach hinten schiebt.

Sie wiegt genauso viel wie vor der Geburt und doch hat sich ihr gesamter Körper verändert. Ihr Becken ist breiter geworden, auch wenn ihr Bauch wieder flach ist. Ihre Beine sind noch genauso schlank wie vorher, doch durch das weitere Becken wirkt all das auch nochmal anders, viel weiblicher. Ihre Brüste sind nicht mehr so rund und fest wie vorher, sie stillt Nael noch immer, auch wenn er schon hin und wieder die Flasche bekommt. Doch diese Veränderungen sind nicht negativ, im Gegenteil. Eleonora fühlt sich gut und das sollte sie auch wieder mehr zeigen.

Sie zieht sich einen Slip und ein Shirt über und setzt sich genau in dem Moment aufs Bett, als Nael unruhig wird. Liebevoll nimmt sie ihren kleinen Prinzen in den Arm und küsst seine Stirn. Er wächst und wächst, und Eleonora liebt ihn von Tag zu Tag mehr, was kaum möglich scheint. Ihr Herz schwillt über vor Liebe, wenn sie ihn ansieht und als alles, was er braucht, um sich zu beruhigen, ihre Nähe ist, weiß sie, dass auch er diese tiefe Liebe spürt.

Sie lehnt sich zurück und stillt Nael. Als er an ihrer Brust eingeschlafen ist, schläft auch sie kurz dabei ein. Als sie wieder wach wird und noch immer keine Nachricht von Dario hat, versucht sie, ihn per Videoanruf erneut zu erreichen und tatsächlich geht er dieses Mal ran.

»Dario … endlich. Ich habe mir Sorgen gemacht, wieso konnte ich dich den ganzen Tag nicht erreichen?«

Dario liegt auf einer Poolliege, es ist laut im Hintergrund, man sieht Männer hinter ihm vorbeigehen. Offenbar hat sie sich völlig umsonst Sorgen gemacht, Dario geht es bestens. »Ich hatte einige Termine und habe das nicht mitbekommen, ist alles klar bei euch?«

Sie ärgert sich darüber, dass sie sich die ganze Zeit solche Sorgen macht, was nun offensichtlich überhaupt nicht nötig war. Eleonora hört sofort, dass Dario nicht ganz klar spricht, fast als wäre er betrunken. Dabei weiß sie, dass er nicht so leicht betrunken wird. »Bei uns ja … aber was ist bei dir? Deine Stimme hört sich so anders an und deine Augen … hast du etwas genommen?«

Dario kommt nicht dazu, etwas zu antworten, plötzlich legt sich eine dunkelhaarige Frau fast komplett auf ihn, Eleonora sieht einen Moment auf ihren Hintern, der nur von einem kleinen Stringtanga bedeckt ist, falls man das bedeckt nennen kann. »Hi Papi, ich denke, du könntest etwas Gesellschaft …«

Das ist der Moment, in dem Eleonora sich aufsetzt und ihren Augen nicht traut. Sie drückt Nael, der noch immer in ihren Armen liegt, an sich und kann nicht glauben, was sie da gerade sieht. »Das ist doch nicht dein Ernst? Ich mache mir den ganzen Tag Gedanken und du … viel Spaß noch!«

Eleonora legt auf, sie ist vollkommen sprachlos und wirft ihr Handy in die Ecke des Raumes. Genau das hat Davina gemeint. Sie liegt hier, den ganzen Tag hat sie nur Dario im Kopf und er treibt dort in Mexiko sonst etwas. Wo ist ihr Stolz geblieben, wo ist die alte Eleonora, die sich so etwas nie bieten lassen würde?

Sie ist viel zu wütend, um liegen zu bleiben. Einige Minuten läuft sie im Schlafzimmer auf und ab und überlegt, was sie jetzt tun soll. Ihr Handy klingelt immer wieder, doch Eleonora ignoriert das komplett. Sie hat das Gefühl, keine Luft mehr zu bekommen, ihre Haut kribbelt vor Wut und sie will nur noch weg hier. Deswegen packt sie Nael warm ein, zieht sich eine Shorts über und Flip-Flops und verlässt mit ihm zusammen das Haus. Das Handy lässt sie zurück und läuft zu den Wachhäusern, in denen zwei Männer sitzen, die sie mittlerweile gut kennt. Als sie sie entdecken, sehen sie verblüfft zu ihr. »Eleonora? Stimmt etwas nicht? Brauchst du etwas?«

Sie hat sich vom Handy, das sie dann auf dem Bett gelassen hat, schon ein Taxi gerufen. »Nein, ich werde abgeholt, danke.« Die beiden Männer sehen sich verwundert an. »Sollen wir dich wohin bringen? Weiß Dario Bescheid?« Ein Taxi kommt angefahren und Eleonora steigt ein. »Nein, der ist in Mexiko schwer beschäftigt. Es ist alles in Ordnung, macht's gut.«

Der Taxifahrer bringt sie in ihre alte Wohnung und dort fühlt sie sich sogar noch weniger zuhause als bei Dario, da sie auch hier noch nicht viel Zeit verbracht hat. Doch wenigstens ist es hier kleiner und Nael und sie haben ihre Ruhe. Die ganze Zeit rasen ihre Gedanken durch den Kopf und sie kann nicht glauben, dass sie sich so fest in etwas verrannt hat, was für Dario offenbar nicht ganz so eine Priorität hat, wie es bei ihr der Fall ist.

Sie zwingt sich, all diese Gedanken von sich zu schieben und schläft trotzdem erst nicht ein; als sie dann durch Nael aufwacht, stellt sie erschrocken fest, dass es schon fast Mittag ist. Sie haben beide ungewöhnlich lange geschlafen.

Während sie ihren Sohn stillt, prasseln erneut all diese Gedanken über sie herein. Eine bittere Enttäuschung macht sich in ihr breit, auch wenn sie das gar nicht möchte, und versucht sich abzulenken.

Da sie nichts im Kühlschrank hat und auch kein Handy, geht sie zu ihrer Mutter in die Wohnung, die sich gerade für die Arbeit fertig macht und sie überrascht ansieht. Ihre Mutter mag Dario sehr und ist auch inzwischen sehr gut mit seiner Mutter befreundet.

Sie möchte ihr nicht alles sagen, sie deutet nur an, dass sie nachdenken muss und mal etwas Abstand braucht, dabei schreibt sie Davina vom Handy ihrer Mutter, wo sie jetzt ist und geht duschen, solange ihre Mutter mit Nael kuschelt und sie immer wieder besorgt mustert. Sie selbst macht sich auch gerade Sorgen, sie hat nicht die Kraft, ihrer Mutter die Sorgen zu nehmen.

Nach dem Duschen bereitet sie sich zwei Scheiben Toast zu und setzt sich mit Nael auf die Couch, während ihre Mutter los zur Arbeit geht. Hier fühlt sie sich zuhause und kann durchatmen. Eine ganze Weile bleiben sie in ihrer alten Wohnung und sie genießt ihren Sohn, während sie die Gedanken an seinen Vater weit von sich schiebt. Sie kuschelt und spielt mit Nael, doch dann brauchen beide frische Luft und sie gehen in ihre Wohnung zurück. Eleonora zieht sich eines ihrer alten Kleider an und schminkt sich leicht, bevor sie sich Nael nach langer Zeit mal wieder mit einem Tuch umbindet, da ihr Kinderwagen bei Dario ist.

Eine ganze Weile gehen sie am Hafen spazieren. Nael wird immer wacher und aufmerksamer und als sie sich in einer nahegelegenen Parkanlage mit ihm unter einen Baum setzt und ihn auf ihre Beine legt, scheint er eine ganze Weile die Bäume und Blätter über ihnen zu betrachten.

Eleonora lehnt sich zurück und genießt diese Ruhe, sie war lange nicht mehr in ihrer Gegend und die Zeit vergeht so schnell, weil immer wieder jemand vorbeigeht, der sie erkennt und sich mit ihr unterhält.

Als es langsam Abend wird, laufen sie noch zwischen den Cafés und Restaurants am Hafen entlang und Eleonora trifft eine alte Arbeitskollegin, mit der sie zusammen etwas essen geht. Sie ist so dankbar, dass diese nicht einmal nach Dario fragt und genießt diese kleine Auszeit heute einfach nur, um sich mal wieder so richtigen Klatsch und Tratsch anzuhören und einfach wieder in ihr altes Leben einzutauchen.

Nael ist so ein liebes Baby; wenn er wach ist, liebt er es, die Welt von Mamas Arm zu erkunden und wenn er schläft, schmiegt er sich an sie. Jeder ist ganz verzückt von ihm und ihr Herz platzt vor Stolz.

Sie waren lange draußen und als sie zu ihr in die Wohnung gehen, sitzen dort ihre Mutter und Davina und warten auf sie. Sobald sie eintreten, springt Davina auf. »Da bist du ja endlich. Es ist schrecklich, wenn du kein Handy hast. Wie konnten die Menschen früher nur überleben? Los, mach dich fertig! Wir beide werden jetzt mal wieder richtig ausgehen. Du musst unbedingt auf andere Gedanken kommen.« Bisher hat Eleonora ihrer besten Freundin noch gar nicht gesagt, was passiert ist und weshalb sie wieder hier ist, doch allein die Tatsache, dass sie mit Nael in ihrer alten Wohnung ist, scheint ihre Mutter und sie schon so zu beunruhigen, dass sie sie ablenken wollen.

»Ich brauche keine Ablenkung, ich denke ...« Davina lacht auf und scheucht sie zu den Kleidungsstücken, die noch hier in der Wohnung sind und aus denen sie ein beigefarbenes Paillettenkleid heraussucht. »Genau das sollten wir die nächsten Stunden mal sein lassen: das Denken. Ich hatte einen Scheißtag auf der Arbeit und brauche jetzt Ablenkung und ich bin mir sicher, dass auch dir das guttun wird, also komm schon.«

Ihre Mutter meldet sich aus Naels Zimmer, wo sie ihn wickelt. »Ich habe alles hier für die Flasche und hatte lange keine Zeit mehr für meinen Enkel ganz für mich alleine. Amüsiert euch gut. Du weißt, was ich immer sage: Das Wichtigste für ein glückliches Kind ist eine zufriedene Mama.«

Eleonora nimmt das Kleid an sich, sie hat wirklich keine richtige Lust, doch sie lässt sich überreden, vielleicht hilft ihr das ja tatsächlich ein wenig, dieses beklemmende Gefühl der Enttäuschung loszuwerden. Davina legt ihr die Haare in Wellen, während Eleonora sich schminkt. Sie benutzt extra ein wenig mehr als sonst, als wäre es ein kleines Ritual, um die gute Laune einzuleiten. Dabei erzählt ihr Davina, dass es Streit mit den Vorarbeitern gab und es zurzeit drunter und drüber geht. Sie fragt Eleonora bewusst nicht nach Dario, da sie sich denken kann, dass sie nicht vor ihrer Mutter darüber sprechen möchte.

Das Kleid ist sehr sexy und eigentlich sollte ihr das helfen, sich besser zu fühlen, als sie dann ins Hafenviertel laufen und erst einmal in einer Bar etwas trinken gehen, doch das tut es nicht. Sie spürt die Blicke der Männer auf sich, atmet den Duft vom Abend und dem Hafen ein, hört die laute Musik aus den Bars und Clubs kommen und setzt sich mit ihrer besten Freundin an einen Tisch, wo sie ein wenig ungestörter sind.

Als Eleonora dann zu erzählen beginnt, was passiert ist, hört sich das Ganze gar nicht mehr so schlimm an, wie sie selbst es in diesem Moment empfunden hat. Davina versteht sie natürlich, wer möchte seinen Freund schon unter Drogen mit vielen heißen Frauen auf einer Feier vorfinden? Doch natürlich ist sie trotzdem davon überzeugt, dass Dario nichts mit der anderen Frau hatte. Allerdings sagt sie ihr genau das, wie auch bereits gestern, dass Eleonora wieder mehr an sich selbst denken muss.

Es tut gut, darüber zu sprechen, sie fühlt sich schon ein wenig erleichtert, und nach und nach lässt sich Eleonora von Davina anstecken, ihre Mutter schickt ihnen Bilder von Nael und ihr, und dass es ihnen gut geht und diese Gewissheit lässt sie dann noch beschließen, ins Pearl zu gehen.

Obwohl es nur Monate zurückliegt, dass sie in dem Club war, kommt es Eleonora ewig vor, hier gewesen zu sein. Sie tanzen, treffen alte Freunde, lachen viel; und wirklich, für einige Augenblicke vergisst sie alles um sich herum. Sie haben Spaß, lassen all die Sorgen hinter sich und irgendwann tanzen sie auch mit irgendwelchen Männern. Als einer von ihnen zu nah an Eleonora herankommt, schafft sie zwar schnell wieder Abstand zwischen ihnen, doch das mindert nicht den Spaß, den sie haben, bis zu dem Augenblick, als sich eine vertraute Hand um ihr Handgelenk legt und sie in die besorgten Augen von Dario blickt.

»Ich suche dich seit Stunden!«

Die Männer um sie herum schaffen sofort respektvoll Abstand zu Eleonora und sie weiß, dass nun der spaßige Teil des Abends vorbei ist. Davina neben ihr zwinkert ihr zu und begrüßt Dario, Eleonora aber wendet sich um und tanzt weiter. »Nur weil du aus Mexiko zurück bist und dich dort genug amüsiert hast, musst du dich nicht verpflichtet fühlen ...«

Dario hat ihren Arm nicht losgelassen und beugt sich zu ihrem Ohr. »Lass uns draußen reden. Ich fühle mich zu gar nichts verpflichtet. Es wäre ...« Die Musik wird lauter und die Leute kreischen auf, als ein ganz neuer Track gespielt wird. Dario deutet Eleonora, mit ihm hinauszukommen. Sie sieht kurz zu Davina, die ihr andeutet, dass sie weitertanzen wird, und folgt Dario vor den Club.

Er geht auf die andere Straßenseite zum Hafen, wo es ruhiger ist und dreht sich plötzlich so schnell zu ihr um, dass sie fast mit ihm zusammenstößt, da sie sich innerlich schon so auf das Gespräch einstellt hat und komplett in Gedanken versunken ist.

»Ich verstehe vollkommen, dass du sauer bist, Eleonora, doch du kannst doch wenigstens mit mir sprechen und nicht einfach verschwinden und nicht mehr erreichbar sein. Ich bin vor wenigen

Stunden gelandet und suche dich seitdem. Glaube mir, da war nichts mit einer anderen Frau. Die waren für die anderen Männer da. Ich glaube auch nicht, dass du wirklich denkst, ich hatte etwas mit einer von ihnen, du weißt, dass ich dich liebe und ich ...«

Wieder nimmt Darios Erscheinung sie völlig ein. Sie hat ihn vermisst, sogar die paar Tage und sie sieht in sein hübsches Gesicht und seine sanften Augen, die unsicher auf ihr liegen und versucht, nicht zu vergessen, was sie ihm sagen möchte.

»Das ist nicht das Problem, Dario, was ich glaube und was nicht. Doch ich denke, dass du auch nicht begeistert wärst, wenn du mit Nael zuhause bist und mich anrufst und ich unter Drogen stehe und einen halbnackten Mann auf mir sitzen habe.« Sie hebt die Hände. »Das ist nicht gerade das beste Gefühl, wie du dir sicher denken kannst.«

Er nickt. »Natürlich, und ich sage ja, ich verstehe, dass du deswegen sauer bist. Ich stand nicht unter Drogen, ich hatte gerade nur etwas geraucht. Du weißt selbst, dass ich das nicht oft tue, doch ich hatte mal Zeit für mich und war mit meinen Männern, ich habe den Abend einfach genossen, ohne dass mich die Frauen interessiert haben oder ich vergessen habe, zu wem ich gehöre, vertrau mir.«

Eleonora reibt sich über die Stirn, sie spürt, wie ihre Wut immer weiter weicht. »Es ist nicht nur das ... Wenn du da bist, ist alles gut und ich fühle mich vollkommen glücklich, doch wenn du nicht da bist ... dann beginne ich zu zweifeln. Ich habe einfach gemerkt, dass ich mich in alldem völlig zu verlieren beginne. Mein ganzes Leben dreht sich nur noch um Nael und dich und ich liebe es. Ich möchte gar nichts anderes, doch dann sehe ich, wie du deine Prioritäten offenbar gesetzt hast und merke, dass ich das alles noch einmal überdenken sollte. Es ging alles so schnell, wir sind schon so weit wie andere Paare erst nach Jahren, vielleicht sollten wir doch noch einmal einige Schritte zurückgehen.«

Dario kommt näher und möchte etwas sagen, doch Eleonora weicht zurück und hebt die Hand, um anzudeuten, dass sie noch nicht fertig ist. »Dass wir einen Sohn zusammen haben, bedeutet nicht, dass wir zusammengehören. Wir kennen uns noch gar nicht so lange und vielleicht habe ich mich einfach viel zu sehr fallen lassen und in etwas verrannt, was ...«

Sie spürt, dass ihr Tränen in die Augen steigen, was sie auf keinen Fall möchte, und bricht ab. Dario schüttelt den Kopf. »Nein, nein, das hast du nicht. Ich weiß, was du meinst, und auch für mich ist das alles manchmal noch komisch, weil wir von einer Nacht ein Baby zusammen haben und schon zusammenwohnen und das in knapp einem Monat. Das ist viel und ja, ich mache sicher Fehler, genau wie du, doch trotzdem schwöre ich dir, dass ich nichts anderes will. Auch ich habe mich da ganz reinfallen lassen, Eleonora, ohne zu wissen, was bei alldem rauskommt und falls du denkst, es ist falsch, ständig an mich zu denken, mir geht es nicht anders. Achtzig Prozent meiner Gedanken drehen sich um dich und Nael und ich liebe es, dabei dürfte ich das als Anführer der Da Silvas nicht einmal, doch ihr bestimmt mein Handeln und Denken zum größten Teil, und ich werde diese kleine Familie, die wir jetzt haben, nicht aufgeben, weil ich euch liebe. Ja. Es ist nett, mal wieder mit den Jungs zusammen zu sein und auch mal wieder was zu nehmen, was mich all den Druck für einige Stunden vergessen lässt, doch das steht auf keiner Stufe mit Nael oder dir. Ich suche dich seit Stunden und das nicht, weil ich mich zu irgendetwas verpflichtet fühle, sondern weil ich die Frau bei mir haben möchte, die ich über alles liebe und ja ... das auch schon nach so kurzer Zeit.«

Nun kommt er doch näher und seine Hände umfassen sanft ihr Gesicht. »Hätte ich gewusst, dass das unseren ersten richtigen Streit hervorbringt, hätte ich darauf verzichtet und wäre direkt schlafen gegangen. Bitte vertrau mir, dass keine der Frauen da für mich eine Rolle spielt. Ich liebe dich, mein Herz, und bitte mach dir keine Gedanken darum, wie tief unsere Liebe bereits ist und dass sich einer von uns darin verlieren kann. Wenn, dann verlieren wir uns beide darin und solange wir das zusammen tun, ist es kein Problem.«

Eleonora muss lächeln.

Er küsst sie, zärtlich und langsam. Sie schließt die Augen, und die Enttäuschung weicht der tiefen Liebe, die sie für diesen Mann empfindet. Ihre Hände umfassen seine, die noch immer ihr Gesicht halten und sie legt ihre Stirn nach dem Kuss an seine. Seine Stimme ist rauer und sie hört daraus die Sehnsucht, die sie empfindet. »Ich liebe dich und ihr beide habt mir wahnsinnig gefehlt.« Eleonora legt ihre Arme um seine Taille und küsst ihn auf die Wange. »Du uns auch. Lass uns unseren Sohn holen und nach Hause fahren.«

Dario lächelt und sieht an ihr hinab. »Ich habe ihn gerade gesehen, als ich dich gesucht habe. Er schläft bei deiner Mutter im Arm. Diego und Nicky sind auch im Pearl, lass uns noch etwas Spaß haben, bevor wir in das Leben zurückkehren, für das wir beide uns aus ganzem Herzen entschieden haben.«

Kapitel 4

»Wo zur Hölle steckst du?«

Dario lässt sofort seine ganze Wut heraus, als er endlich Adrian am Handy hat. Den Vormittag über versucht er ihn schon zu erreichen, nachdem er Ayla weinend in seinem Garten hatte und lange mit ihrem Vater gesprochen hat. Sie sind noch nicht einmal 24 Stunden aus Mexiko zurück, da beginnt das Ganze wieder von vorn.

»Ich muss etwas klären. Ich bin bald wieder da und kümmere mich um alles.« Dario flucht auf und reibt sich die Stirn. »Ayla hat gesagt, dass dich diese Frau angerufen hat. Eleonoras Freundin Tanja und du wie ein Wahnsinniger aufgestanden und ohne ihr etwas zu erklären gegangen bist. Sie ist deine Verlobte, was denkst du dir?«

Dario ist wütend, darüber, dass dieses Thema noch immer nicht gelöst ist und auch wütend, weil er neben der weinenden Ayla auch noch einen alten Freund aus Guatemala am Handy hatte, der ihm gesagt hat, dass auch bei ihm Barim war und angeboten hat, mit seiner Hilfe die Da Silvas zu Fall zu bringen. Er spricht von Nael und vielen Sachen, die er weiß und gegen sie verwenden möchte. Natürlich hat auch dieser alte Freund ihn weggeschickt und Dario verständigt, doch irgendwann wird das nicht mehr der Fall sein.

»Ich kläre das alles, Dario, gib mir noch zwei Tage.« Er flucht auf. »Überlege dir gut, was du tust.«

Dario beendet das Gespräch und sieht genervt zu Diego, der Nael auf seinem Arm hat.

Sein kleiner Sohn wächst viel zu schnell. Er hat das Gefühl, er dreht sich weg und wenn er ihn wieder ansieht, ist er schon wieder gewachsen. Er hätte niemals gedacht, dass er es so genießen würde, Vater zu sein, doch er liebt die Zeit mit seinem Sohn.

Er knallt das Handy auf den Tisch. »Das darf doch nicht wahr sein, du warst doch dabei, als wir alle Adrian ausreden wollten, etwas mit Ayla anzufangen. Er war überzeugt, dass diese Verbindung wichtig für die Geschäfte mit Mexiko ist und es ihm nichts ausmacht. Er fand Ayla gut und hat sie nach Puerto Rico als seine Verlobte geholt. Wie oft saßen wir hier und haben ihn gefragt, ob er sich wirklich sicher ist? Und jetzt ruft Aylas Vater ständig wütend an, weil seine Tochter das Gefühl hat, etwas stimmt nicht und Adrian läuft dieser komischen Frau hinterher. Gerade jetzt, wo es eh schon so viele Probleme wegen Barim gibt. Das hat uns noch gefehlt.«

Sein jüngerer Bruder kratzt sich das Kinn. »Du weißt doch, wie das mit den Frauen ist, manchmal trifft das Herz seine eigenen Entscheidungen. Adrian will uns sicher nicht schaden. Rede noch einmal mit ihm. Du solltest doch wissen, dass Beziehungen nicht leicht sind.« Er grinst ihn frech an und Dario hebt die Augenbrauen.

»Das ist etwas anderes. Eleonora und ich lieben uns. Wir versuchen nur, zwischen all dem Wahnsinn hier irgendwie klarzukommen. Gestern haben wir ja gesehen, dass das nicht immer so einfach ist.«

Diego lacht leise auf und Dario knackt seine Schultern. Er liebt Eleonora über alles, aber er muss wirklich einsehen, dass etwas Festes aufzubauen sehr anstrengend sein kann, besonders, wenn man in einer Position wie er ist.

Bevor Dario noch etwas dazu sagen kann, kommt plötzlich Nicky ins Haus. Er ist blasser als sonst und hält etwas in der Hand. »Seid ihr beiden alleine?« Nicky sieht sich um und Dario spürt sofort, dass etwas nicht stimmt.

»Ja, sind wir. Eleonora ist oben. Was ist los?«

Nicky hat sich besonders in den letzten Wochen als einer seiner besten Männer bewährt. Dario vertraut ihm immer mehr, das hat er bereits an dem Tag bewiesen, als er ihm Nael und Eleonora anvertraut hat. Ihm ist bewusst, dass Nicky ihm so auch seine Dankbarkeit zeigt, dass er sich für ihn und gegen Barim entschieden hat. Neben seinen Cousins ist Nicky nun der wichtigste Mann bei ihnen.

Doch als er ihnen jetzt in die Augen sieht, wissen Diego und er sofort, dass etwas nicht stimmt. Er zögert und sieht zu Nael, dann sieht er ihnen wieder in die Augen.

»Ich hatte euch berichtet, dass Freunde von mir erzählt haben, dass sich in El Salvador immer mehr Unruhe ausbreitet. Es ist ein kleines Land, doch meine Freunde sind so beunruhigt, dass ich ein komisches Gefühl bekommen und sie gebeten habe, all das im Auge zu behalten. Mittlerweile gibt es keine Familias mehr da unten, nur noch eine, die das ganze Land an sich reißt: die Guerillas. Du hast bestimmt schon von ihnen gehört, dein Vater hatte früher auch einige Probleme mit ihnen, aber auch er hat sie nicht sehr ernst genommen. Doch sie wachsen und wachsen und haben keinerlei Respekt. Ohne dass jemand das richtig wahrgenommen hat, haben sie nun auch schon halb Honduras übernommen und zwei unserer Lager dort ausgeräumt.«

Er atmet tief ein. »Als ich das vor drei Tagen erfahren habe, habe ich meine Freunde gebeten, mir Bilder anderer wichtiger Mitglieder der Familia zu schicken, damit wir genauer wissen, mit wem wir es zu tun haben und dann … habe ich gerade das bekommen.«

Noch eine Familia, die Ärger macht. Dario hat das Gefühl, gerade haben alle nichts anderes zu tun, als ihnen auf die Nerven zu gehen. Nicky breitet Bilder vor ihnen aus. Diese Bilder zeigen Männer, die Dario noch niemals zuvor gesehen hat, dann sieht er auf das Bild in der Mitte und stockt.

»Das …« Diego nimmt das Bild hoch und auch Dario sieht noch einmal ganz genau hin. Sein Herz beginnt zu rasen, das kann unmöglich sein. »Hast du noch mehr von diesen Bildern?« Dario blickt auf ein weiteres Bild, auf dem die zarte Frau neben mehreren Männern abgebildet ist, doch bei dem zweiten Bild dreht sie ihren Kopf zur Seite und man erkennt nichts.

»Nein, nur auf dem Bild erkennt man sie. Ich habe das Bild heranzoomen und ausdrucken lassen, es sind Amateuraufnahmen, man erkennt so leider noch weniger.«

Sie nehmen das Bild, auf dem man das Gesicht einer jungen Frau erkennt und das, wo sie noch einmal in Nahaufnahme ist. Die Frau hat sehr viel Ähnlichkeit mit Diego und Dario und neben diesen vielen dunkleren Männern fällt sie auch sofort auf. Sie sieht aus wie Daria, zumindest könnte sie das sein, so würde Dario sie sich jetzt vorstellen. Sie alle bekommen jedes Jahr zu ihrem Geburtstag die neuen Bilder, die ihre Mutter von Experten mit Bildbearbeitung erstellen lässt und die zeigen sollen, wie Daria zurzeit aussehen könnte. Alle ihre Männer bekommen diese Bilder, um immer ihre Augen offenzuhalten; deswegen kennt auch Nicky diese und hat reagiert, weil die Frau neben den Männern der Daria, wie sie heute aussehen sollte, sehr ähnlich ist.

»Was? Ich meine, was sagen deine Freunde, wer diese Frau ist? Eine Gefangene dieser Familia? Wer soll das sein?« Nicky setzt sich neben Diego, der noch immer auf die Bilder blickt, man sieht ihm an, wie schockiert er über diese Fotos ist, auch Dario kann kaum einen klaren Gedanken fassen.

»Nein, sie sagen, sie ist eine der Anführer dieser Familia. Sie wird Rosa genannt. Doch das ist nur ein Spitzname. Sie soll sehr kalt und hartherzig sein. Ich weiß auch nicht, ob das wirklich … doch ich dachte, ich zeige euch das als Erstes.«

Dario sieht wieder auf die Bilder, Diego sagt kein Wort, und in diesen Moment kommt Eleonora die Treppen herunter und blickt verwundert zu ihnen. »Was ist denn bei euch los? Ihr seht aus, als hättet ihr einen Geist gesehen.« Er muss tief einatmen, bevor er erneut zu den Fotos blickt.

Sein Bruder reicht ihm Nael, steht auf und geht auf die Terrasse, um sich eine Zigarette anzuzünden, dabei murmelt er einen langen

Fluch. Für sie alle ist die Entführung von Daria nie leicht gewesen, doch besonders Diego verfolgt das alles, da er sich einredet, er hätte besser auf sie aufpassen sollen.

Eleonora kommt und sieht auch auf die Bilder. Sie versteht nicht ganz, was los ist und Dario kommt eine Idee. Sie alle kennen die Bilder, sie kennt die Geschichte, hat die aktuellen Bilder aber noch nicht gesehen. Deswegen holt Dario das letzte erstellte Bild und legt das neben die aktuellen Aufnahmen aus El Salvador.

Sie sieht sich die Bilder genau an. »Ich verstehe ... also die beiden Frauen haben auf jeden Fall Ähnlichkeit miteinander, aber solche Bilder täuschen doch sicherlich oft. Gibt es vielleicht ein Muttermal oder etwas Besonderes, was sie an sich hatte? Wie alt war eure Schwester noch einmal, als all das passiert ist?«

Diego antwortet für ihn. »Sie war drei, ich war sieben und Dario war neun Jahre alt. Sie hat ein Muttermal hinter ihrem rechten Ohr, es hat die Form einer Träne und Daria hat deswegen nie einen Zopf tragen wollen, die Frau auf dem Bild hat ihre Haare auch offen, man sieht es nicht.« Eleonora räuspert sich leicht verlegen, sie alle ahnen, wie nah ihnen dieses Thema geht, richtig nachvollziehen kann das wahrscheinlich keiner.

Von einem Tag auf den anderen war ihre kleine Schwester, die sie alle so sehr geliebt haben, verschwunden. Sie wurde entführt in einer hinterhältigen Aktion, wobei auch ihre Mutter schwer verletzt wurde und zwei Frauen Daria mitgenommen haben. Am Anfang haben sie fest daran geglaubt, dass ihr Vater und seine Männer sie wieder nach Hause bringen. Dario und Diego haben ihr Zimmer aufgeräumt und ihre liebsten Puppen auf ihr Bett gelegt, damit sie sie gleich hat, wenn sie zurückkommt.

Sie haben gesehen, wie sehr ihre Eltern gelitten haben. Ihre Mutter lag wochenlang wegen der Verletzungen am Herzen im Krankenhaus und jedes Mal, wenn sie sie besucht haben, haben sie gesehen, wie viel sie um Daria geweint hat. Ihr Vater war wie versteinert. Er hat Möbel durch das Haus geschmissen und seine

Männer angeschrien, dass sie alle endlich seine Tochter finden sollen. Er war tagelang unterwegs und jedes Mal, wenn er mit leeren Händen nach Hause kam, wurde ein weiterer Teil ihres Herzens aufgerissen und hinterließ eine klaffende, schmerzende Wunde, die niemals geheilt ist.

Dario weiß noch, wie sich Diego jede Nacht in Darias Zimmer geschlichen, sich auf ihr Bett gelegt und dort geschlafen hat, um noch den Geruch seiner Schwester in der Bettwäsche zu erhaschen. Dario ist ihm gefolgt und hat sich ans andere Ende des Bettes gelegt, und irgendwann kam ihr Vater, hat sich ans Bett gelehnt und ist dort eingeschlafen.

Sie haben wochenlang zu dritt im Zimmer von Daria geschlafen, doch was sie auch versucht haben, sie haben Daria nicht wiedergefunden. Kein Experte, kein Geheimdetektiv, kein Geld der Welt hat ihnen geholfen, und nun starrt Dario auf die Bilder und weiß nicht, was er davon halten soll.

»Was gibt es alles, was wir über die Guerillas wissen müssen?« Nicky hält ihm einen Stick hin. »Ich habe alle Informationen, die ich von ihnen gesammelt habe, dort gespeichert. Mir war von Anfang an unwohl, als meine Freunde mich um Hilfe gebeten haben, doch ich dachte, es wäre einfach nur eine übermütige Familia. Ich habe alles gesammelt und beobachtet, doch ich habe nicht damit gerechnet, dass wir das brauchen werden. Hier findet ihr alles, soll ich die Männer zusammenrufen? Wollt ihr handeln?«

Diego kommt zurück zu ihnen und sieht Dario in die Augen.

Nur sie beide wissen, wie tief dieser Schmerz sitzt und dass das hier zu groß ist, um überstürzt zu handeln.

»Nein. Wir fahren damit zu meinen Eltern ans Meer und besprechen das zuerst mit ihnen. Auf dem Weg dahin halte ich auch kurz bei Barims Familia und überprüfe, ob er da ist. Das hier bleibt erst einmal unter uns, Nicky. Ich vertraue dir. Kümmere dich um alles, solange wir weg sind und wenn wir zurück sind, erfahrt ihr, wie wir handeln werden. Eleonora, pack ein paar Sachen für Nael ein, wir fahren gleich los.«

Sie nickt und geht nach oben, auch wenn Nicky und Eleonora nicht ahnen können, wie es gerade in ihnen aussieht, scheinen sie zu spüren, wie sehr sie das trifft.

Dario sieht noch einmal seinem Bruder in die Augen, der die Bilder an sich nimmt.

Das hier kann alles ändern!

Kapitel 5

Die Anspannung der beiden Brüder, die vorne im Auto sitzen, lässt Eleonora kaum Luft bekommen.

Sie ist hin- und hergerissen, irgendwie kann sie nicht glauben, dass diese Frau auf den Bildern wirklich die Schwester von Dario und Diego sein soll. Es besteht auf jeden Fall eine Ähnlichkeit, doch es wäre ein zu großer Zufall, als dass das wirklich wahr sein könnte.

Jahrelang bemühen sich alle, eine Spur von ihr zu finden und plötzlich taucht sie auf Bildern auf? Einfach so? Eleonora möchte es glauben, doch sie kann es nicht so ganz und hofft, dass man ihr diese Unsicherheit nicht anmerkt. Sie spürt, dass Dario und Diego daran glauben, dass es Daria ist und sie möchte nicht, dass sie ein weiteres Mal dieses tiefe Gefühl der Enttäuschung spüren, ihre Schwester doch nicht gefunden zu haben.

Deswegen weiß sie nicht, ob sie hoffen soll, dass es die Schwester ist oder nicht. Sollte sie es wirklich sein, was würde das bedeuten? Was tut sie da? So viel wie Eleonora mitbekommen hat, lebt sie dann bei einer anderen Familia? Wieso meldet sie sich nicht? Weiß sie überhaupt, woher sie kommt? Kann sie sich vielleicht gar nicht daran erinnern, dass sie eine andere Familie hat? Eleonoras Gedanken rasen, sie weiß nicht, welche Wahrheit besser wäre, dass sich die Brüder irren oder recht haben, doch die Entschlossenheit, die beiden ins Gesicht geschrieben ist, sagt deutlich aus, dass sie herausfinden werden, was hier los ist.

Es tut gut, dass Dario sie mitnimmt und sie somit ganz selbstverständlich in diese familiäre Ausnahmesituation einbezieht, denn dass sie das ist, zeigt sich deutlich darin, dass die beiden Brüder keine weiteren Männer mitnehmen. Das hier betrifft nicht die Familia, sondern erst einmal die Familie. Nur sie fahren im Auto, Eleonora und Nael sitzen hinten, der Kleine schläft und sie ist noch so in Gedanken vertieft und versucht das, was als großes

Fragezeichen in der Luft schwebt, zu verarbeiten, sodass sie erst sehr spät bemerkt, dass sie statt zum Haus am Meer zum Hafen fahren.

»Wohin fahrt ihr? Ich dachte, wir fahren zu euren Eltern?« Dario hält vor einigen Lagerhallen, in denen meistens illegale Sachen verkauft werden oder manchmal auch Leute leben, die sich keine Wohnung leisten können. Jeder weiß, dass man sich von diesen Hallen eher fernhalten sollte und nicht wie Dario direkt davor parkt. Er zieht seine Waffe und Eleonora setzt sich aufrecht hin. »Machen wir auch gleich, ich muss erst einmal etwas überprüfen.«

Er steigt aus dem Auto und geht in eine der Hallen, die offen steht, Eleonora kommt nicht einmal dazu, ihn aufzuhalten, auch wenn sie bezweifelt, dass sie damit Erfolg hätte. Sie wendet sich an Diego, der gerade noch etwas in sein Handy tippt.

»Wieso gehst du nicht mit? Was macht er da?« Eleonora sieht verwirrt zu Diego, der sich zu ihr umwendet. Sie hat Darios Gesichtsausdruck gesehen und die Wut in seinen Augen, was auch immer er vorhat, es ist nichts, was er alleine tun sollte. »Ich kann dich hier nicht alleine lassen. Hier arbeiten Cousins von Barim und leben auch teilweise hier. Die Häuser, die sie mal bewohnt haben, haben wir schon vor Tagen überprüft, dort sind alle weg. Wir suchen ihn. Du hast doch sicherlich gehört, dass es wegen ihm bereits sehr viel Ärger gab.« Sie nickt und deutet Diego an, Dario zu folgen. »Natürlich habe ich das, doch genau deshalb solltest du Dario nicht alleine gehen lassen. Mir passiert schon nichts.«

Diego wendet sich wieder nach vorne. »Unterschätze Dario nicht. Der ist schon mit ganz anderen Sachen klargekommen. Womit er allerdings nicht klarkommt ist, dass dir oder Nael etwas passieren könnte, deswegen ist es wichtiger, dich zu schützen. Mach dir um ihn keine Sorgen.«

Auch wenn sie jetzt schon einige Wochen ständig zusammen sind, hat Eleonora Dario selten mit einer Waffe gesehen, dass er sie heute gleich gezogen hat, bereitet ihr zu allem anderen auch noch ein ungutes Bauchgefühl. Sie sieht zum Eingang der Hallen, einige Männer kommen heraus, sehen zum Auto und unterhalten sich weiter.

Eleonora sieht sich unsicher um, während Diego das alles nicht einmal beunruhigend zu finden scheint. Als weitere ihr unbekannte Männer kommen und in der Halle verschwinden, will sich Eleonora gerade noch einmal an Diego wenden, da kommt Dario auch schon wieder zurück.

»Er ist nicht da und auch nichts von seinen Sachen. Ich habe ihm eine eindeutige Botschaft dagelassen, ich bin mir sicher, er bekommt und versteht sie.« Diego nickt nur und lächelt zu Eleonora, die tief ausatmet. Sie sieht zum Eingang der Halle, aus der Dario gekommen ist und auf zwei Männer, die herauskommen und zum Auto sehen. Auch wenn sie ihnen noch einmal zunicken, als sie den Hof der Lagerhallen wieder verlassen, erkennt man genau, dass sie nichts Gutes in ihren Gedanken haben.

Auch über Barim weiß Eleonora nur Bruchstücke, doch ihr Bauchgefühl sagt ihr, dass auch da nichts Gutes bei herauskommen kann. Sie weiß, dass sie sich irgendwann mehr mit allem auseinandersetzen muss. Bisher ist sie all dem immer gut und gerne aus dem Weg gegangen, auch wenn sie weiß, dass sie das nicht auf Dauer tun kann, und es scheint so, als würde sie heute damit anfangen, sich alldem was es bedeutet, ein Teil der Da Silvas zu sein, zu stellen.

Sie fahren eine Weile zum Haus der Eltern.

Diego bespricht sich mit Nicky, Sergio und Abel per Lautsprecher über die Termine von heute, die sie vorhin vergessen hatten zu besprechen. Sie entscheiden, welche auszufallen haben und wo sie jemand vertreten soll.

Eleonora ist ein Einzelkind, sie mag es, wenn sie sieht, wie vertraut Dario und Diego miteinander umgehen. Auch wenn zwischen den beiden zwei Jahre Altersunterschied sind, haben sie viel Ähnlichkeiten miteinander. Äußerlich sowieso, aber auch vom

Charakter. Sie beide haben eine aufbrausende Art, doch zu den Menschen, die sie lieben und denen sie vertrauen, sind sie sehr aufmerksam und liebevoll. Diego ist etwas ruhiger als Dario, er beobachtet viel und lässt seinen älteren Bruder machen, doch durch Nael und weil Dario versucht, mehr Zeit mit ihr und dem Kleinen zu verbringen, springt er immer öfter für ihn ein.

Er hat auch einen unglaublichen Humor und er vergöttert Nael. Seinen Neffen trägt er überall hin und schafft es immer, ihn zum Lächeln zu bringen. Eleonora mag Darios Bruder sehr und hat ihn schon tief in ihr Herz geschlossen, und es scheint auch ihm so zu gehen, er sagt ihr oft, dass sie Dario sehr guttut.

Als sie jetzt am Meer ankommen und durch die Sicherheitszäune und Tore fahren, werden sie alle drei angespannter. Sie will sich gar nicht vorstellen, wie die Mutter und der Vater der beiden all das jetzt auffassen werden. Dario fragt seinen Bruder, ob es nicht sinnvoller wäre, erst einmal nur mit ihrem Vater zu besprechen, da sie ihrer Mutter das Leid ersparen wollen, sollte sich doch herausstellen, dass all das nur eine Verwechslung war, doch Diego sagt sofort das, was auch Eleonora denkt. Das würde sie ihnen nie verzeihen, sie hat ein Recht, das zu erfahren, auch wenn sie ihr dabei sofort sagen müssen, dass sie sich eben nicht ganz sicher sein können.

Eleonora mag das Haus am Meer sehr. Nael und sie waren schon öfter hier und auch ohne Dario, doch heute kommen sie leider zu keinem positiven Anlass, und das scheinen Milanda und Dariel auch zu spüren.

Sie warten in der geöffneten Haustür; als sie sehen, dass Eleonora und Nael da sind, kommen sie und Dariel nimmt seinen Enkel gleich auf den Arm, der langsam wach wird. »Ihr alle kommt uns so spontan besuchen? Wir freuen uns, doch das kann gar nichts Gutes bedeuten.« Dario lächelt und legt den Arm um seine Mutter. »Lasst uns reingehen.«

Es passt ganz gut, dass Nael in dem Moment erwacht und unruhig wird. Eleonora zieht sich einen Moment nach oben zurück, um ihn zu wickeln und zu stillen. Sie lässt sich Zeit. Auch wenn keiner etwas sagen würde, wenn sie dabei wäre, hält sie es für richtig, Dario und Diego die Zeit zu geben, ihren Eltern zu erklären, was sie vermuten.

Als sie Nael gewickelt, gestillt und mit ihm gekuschelt hat, weiß sie, dass sie langsam nach unten muss. Im Flur bleibt sie vor einigen Bildern stehen. Auf einem älteren sieht man Milanda, Dariel, Diego, Dario und ein kleines Mädchen, das auf Darios Schoß sitzt. Daria ist ein sehr süßes Mädchen gewesen. Sie hat zwei dicke Zöpfe gebunden und grinst frech in die Kamera. Alle drei Kinder sehen sich ähnlich und Milanda und Dariel strahlen stolz in die Kamera.

Das Bild steht auch bei ihnen im Haus. Dario hat ihr erzählt, dass das Bild am Morgen des Tages aufgenommen wurde, als Daria verschwunden ist. Eleonora sieht dem kleinen Mädchen ins Gesicht und spricht ein leises Gebet. Sie wünscht sich, dass sie nach Hause zurückkehrt, sie wagt es nicht einmal, daran zu denken, was für ein Gefühl es für die Eltern sein muss, ihr Kind zu verlieren. Sie würde verrückt werden.

Eleonora drückt Nael an sich und geht mit flauem Magen die Treppe hinab direkt auf den Garten zu, in dem sich die vier zusammengesetzt haben. Bevor sie aber hinausgehen kann, fällt die Tür ins Schloss und ein gutgelaunter Daniel kommt herein.

Der jüngste der drei Brüder ist glücklich. Er ist immer öfter bei ihnen und wird in die Familia eingeführt und er genießt seinen Status immer mehr. Dario hat ihr letztens kopfschüttelnd gesagt, dass wenn er so weitermacht, er sie alle noch in den Schatten stellen wird, vor allem im Bereich, Spaß mit Frauen zu haben.

Gutgelaunt schnappt er sich aus der Küche einen Muffin und grinst sie frech an. »Eleonora, ich wusste gar nicht, dass ihr heute kommt. Wer ist denn seinen Lieblingsonkel besuchen gekommen?« Daniel gibt ihr einen Kuss auf die Wange und dann Nael, der an Eleonoras Schulter liegt auch einen. Sie gehen zusammen in den Garten. »Deine Brüder wollten etwas mit euch besprechen.«

Das Bild, was sich ihnen dann bietet, bringt Daniel dazu, kurz stehen zu bleiben. Milanda weint, Dariel sieht sich die Bilder an, die sie heute bekommen haben. Dario sitzt neben ihm und sieht in dem Moment zu Eleonora und Daniel auf, während Diego aufgestanden ist und ihnen allen den Rücken zugewandt hat.

»Was ist denn hier los?«

Milanda sieht ihren jüngsten Sohn an. Sie weint und Eleonoras Herz schnürt sich zu beim Gedanken daran, was diese arme Frau alles durchmachen musste. »Sie haben Daria gefunden.« Daniel geht zum Tisch und zu den Bildern, auf die sein Vater blickt. »Wie … wo ist sie?« Eleonora weiß einen Moment nicht so ganz, was sie tun soll, geht dann aber zu Dario. Als sie an Milanda vorbeigeht, drückt sie ihre Schulter und Darios Mutter lächelt sie dankbar aus tränenverhangenen Augen an. Dario nimmt Nael auf seine Arme. »Das wissen wir noch nicht genau, Mama, wir vermuten es.«

Milanda nimmt ihrem Mann die Bilder ab. »Ich weiß es. Ich bin ihre Mutter, Dario. Ich spüre, dass sie das ist. Wo ist sie jetzt? Wann kann ich sie sehen? Ich muss sofort ...« Der Vater von Dario atmet tief ein. Daniel nimmt die Bilder nun ganz an sich und sieht sie sich an.

Auch er wird alle Bilder seiner Schwester kennen, auch wenn er selbst sie nie kennengelernt hat. Er ist auf die Welt gekommen und hat immer nur mit den Geschichten rund um Daria gelebt.

Eleonora kennt Dario gut genug, um zu merken, dass natürlich auch ihn all das nicht kalt lässt, doch er ist es gewohnt einen klaren Kopf zu bewahren und versucht es auch jetzt.

»Genau das wollten wir mit euch besprechen. Erst einmal wollten wir euch informieren und hören, was ihr denkt und dann, wie wir vorgehen sollen. Die Frau gehört ...« Milanda unterbricht ihren

Sohn. »Die Frau ist deine Schwester, Dario.« Er atmet tief aus. »Das können wir nicht hundertprozentig sagen, Mama. Ich bitte dich, dich nicht schon zu sehr auf diese Hoffnung zu stürzen. Ja, sie sieht aus wie Daria, aber es spricht auch sehr viel dagegen.«

Dariel setzt sich und schüttelt den Kopf.

»Das kann nicht sein. Wir haben damals alle und jede Familia überprüft, jeden Stein umgedreht, wieso hat sie sich nie gemeldet? Sie läuft frei neben den Männern, wieso sollte sie uns nicht kontaktieren?«

Diego wendet sich nicht um. Er sieht weiter in den Garten und hört nur zu. Dario räuspert sich.

»Eben, selbst wenn es so ist, wissen wir nicht einmal, ob sie weiß, wer wir sind oder woher sie kommt. Wir wissen kaum etwas davon, wie sie da lebt. Die Guerillas waren damals noch keine richtige Familia, zumindest viel zu klein, um wahr oder ernst genommen zu werden.«

Darios Vater nickt. »Wir hatten zu der Zeit einige Probleme mit ihnen, zumindest einige Monate vor Darias Verschwinden. Sie wollten mit uns Geschäfte machen, doch sie waren viel zu wild. Sie haben eher wie Vagabunden gelebt. Sind immer durch ganz El Salvador gezogen und haben mit mehreren Familias zusammen die Macht dort gehabt, doch all das war ... wir konnten sie nicht ernst nehmen. Ich habe danach auch nie wieder etwas von ihnen gehört. Sie waren sauer, dass wir so auf sie reagiert haben, doch es war nicht so, dass sie die Macht gehabt hätten, so einen Schlag gegen uns zu planen. Doch wir waren auch in El Salvador und haben sie und ihre Umgebung durchsucht. Auch da gab es keine Spur von Daria.« Er reibt sich müde die Augen. Dario hat ihr erzählt, wie kaputt all das seinen Vater damals gemacht hat.

Dario nickt. »Sie sind gewachsen, unbemerkt, weil sie sich ruhig verhalten haben. Mittlerweile werden ihre Taten aber immer offensichtlicher. Die Menschen in El Salvador leiden sehr unter der Familia, alle anderen Familias existieren nicht mehr und sie haben schon einen großen Teil von Honduras unter ihre Kontrolle gebracht. Ich denke, es ist sinnvoll, wenn wir herausbekommen, wo sich … die Frau … genau befindet und dann runterfliegen. Sie ahnen nicht, dass wir diesen Verdacht haben, und durch ihr Handeln haben wir genug Grund, dort mal aufzutauchen und nach dem Rechten zu sehen, ohne dass es verdächtig aussieht und dabei werden wir uns nach ihr umsehen und in Erfahrung bringen, ob es Daria ist.«

Seine Mutter setzt an, etwas zu sagen und Dario sieht ihr in die Augen.

»Ich verstehe, dass du sofort handeln möchtest, Mama, doch wenn das wirklich Daria ist und die Guerillas erfahren, dass wir das wissen, kann es sein, dass sie sie erneut wegbringen und wir sie dann nie wieder sehen werden, also bitte versuch, doch noch einige Tage zu gedulden. Ich verspreche dir, du bekommst alle Antworten. Wenn das Daria ist, holen wir sie zurück, Mama, und ziehen alle, die damit etwas zu tun haben zur Verantwortung, darauf kannst du dich verlassen!«

Kapitel 6

»Wir sind so dankbar, euch begrüßen zu dürfen.« Der Präsident von Honduras reicht Dario die Hand, danach begrüßt er Nicky, Diego, Adrian, Sergio, Abel und nickt den Männern, die aus den anderen Autos steigen, zu.

Sie wollten versuchen, einen klaren Kopf zu behalten und sich genau zu überlegen, wie sie gegen all das vorgehen werden, doch sie sind trotzdem schon einen Tag, nachdem sie die Bilder gesehen haben, losgeflogen. Erst einmal nach Honduras. Sie brauchen mehr Informationen und wollen so überraschend wie möglich auftauchen, deswegen werden sie über Honduras nach El Salvador einreisen.

Sie alle sind da, selbst Adrian ist sofort zurückgekommen, als er davon gehört hat, doch auch wenn sie alle hoffen, dass diese Frau wirklich Daria ist, können sie es gar nicht richtig glauben. Ein Stück Zweifel bleibt bei aller Hoffnung. Sie haben während des gesamten Fluges über nichts anderes gesprochen und sich die Bilder immer wieder angesehen, irgendwann hat Dario das nicht mehr hören können. Es bringt ihnen nichts zu spekulieren, ob sie es ist und wenn, was damals passiert ist, sie müssen handeln, um die Wahrheit herauszufinden.

Wäre es hundertprozentig klar, dass das Daria ist, wären sie über das Land eingefallen und hätten ohne Gnade ihre Schwester dort herausgeholt, doch es sind zu viele Zweifel, um so unüberlegt zu handeln. Deswegen betreten sie erst einmal das große Anwesen des Präsidenten.

»Es ist ungewöhnlich, dass wir vom Präsidenten empfangen werden. Was ist mit Raphael und seinen Männern?« Dario ist recht gut mit der Familia, die hier in Honduras das Sagen hat, befreundet. Er hat Raphael nicht erreichen können, nur einige seiner Männer, und die haben ihm die Landeerlaubnis besorgt und ihn von Autos abholen und hierherbringen lassen.

»Das ist es. Leider sieht es momentan nicht so gut aus hier in Honduras. Wir wollten aber am Telefon nicht darüber sprechen. Kommt erst einmal herein. Wir haben alles vorbereitet und es ist auch schon ein Anwesen für euch bereitgestellt worden.«

Sie betreten eine große Eingangshalle, in der mehrere eingerahmte Bilder mit dem Präsidenten und anderen Staatsoberhäuptern hängen. Auch ein Bild von ihm und Raphael ist dabei. »Ihr habt sicherlich Hunger.« Der Präsident und drei seiner Mitarbeiter bringen sie in einen großen Besprechungssaal, es gibt hier mehrere Tische und am größten sitzen bereits fünf Männer, die sich alle erheben, als sie eintreten.

Es sind alles Raphaels Männer. Sie sehen aus, als kämen sie direkt aus einem schweren Kampf. Alle haben Verletzungen, Schrammen, verbundene Arme, einer hinkt auf sie zu, doch sie alle sind offenbar sehr froh sie zu sehen und begrüßen sie.

»Was ist hier los? Was ist passiert?« Sie verteilen sich an die Tische und sofort treten Haushaltshilfen ein. Die Tische werden eingedeckt mit Suppen, Salaten und vielen weiteren Hauptspeisen.

Einer von Raphaels Männern, den er von allen am besten kennt, räuspert sich und schüttelt leicht den Kopf.

»Seit einigen Tagen gibt es unsere Familia nicht mehr. Nicht mehr so wie … die Guerillas sind immer wieder nach Honduras gekommen. Die Grenzen konnten von der Armee kaum gehalten werden. Auch wenn es nur ein kleines Land ist und die Familia nicht sehr groß, so sind sie doch einfallsreich und extrem gnadenlos. Sie haben immer größere Teile von Honduras eingenommen und sie wussten genau, dass Raphael sich das nicht mehr lange mit ansieht. Der Präsident und das Militär konnten kaum etwas dagenhalten. Auch sie haben sich an Raphael gewandt.«

Der Mann holt tief Luft, er scheint am Bauch verletzt zu sein und Schmerzen zu haben, der Präsident nickt nur leicht.

Dario sieht einen Moment zu Nicky. Er hat ihm erzählt, dass die Sache in El Salvador immer mehr außer Kontrolle gerät und auch, dass Honduras schon mitbetroffen ist, doch Dario war sich sicher, dass Raphael das in den Griff bekommt. Niemals hätte er gedacht, dass er wegen einer kleinen Familia wie den Guerillas nun hier sitzen würde.

»Wir waren in Chile, dort mussten wir wegen neuer Handelswege etwas klären und wollten uns direkt danach um El Salvador kümmern. Doch die Guerillas müssen etwas davon mitbekommen haben, vielleicht hatten sie auch einen Mann von ihnen bei uns eingeschleust, das würde all das am ehesten erklären. Sie wussten genau, dass wenn wir überraschend angreifen, sie keine Chance haben, deswegen haben sie diesen Angriff so gelenkt, wie sie es gerne wollten.«

Alle hören dem Mann zu, es ist ungewöhnlich still in einem Raum mit so vielen mächtigen Männern, doch sie alle möchten verstehen, was hier passiert ist. »Wie haben sie euch lenken können?«

Der Mann lacht bitter auf und legt seine Gabel weg. »Mit Wut, nur damit konnte er Raphael unüberlegt handeln lassen. In der Zeit, als wir in Chile waren, war die Frau von Raphael, die Frauen der anderen Männer, die Kinder, sie alle waren zusammen mit einigen unserer Männer wie immer am Meer. Dort bleiben sie, wenn wir für längere Zeit weg sind. Es ist sicher, die Zufahrtswege bewacht und keiner weiß, wo die Frauen und Kinder sind … deswegen denken wir auch, dass einer von Jumas Männern unter uns war.«

Dario ahnt Schlimmes und lehnt sich zurück.

»Der Anruf kam mitten in der Nacht, einer unserer Männer hat es noch geschafft anzurufen, bevor auch er getötet wurde. Die Guerillas sind nachts übers Meer gekommen. Sie wussten genau, wie und wo das Anwesen bewacht wurde. Wir haben sofort Verstärkung und das Militär angerufen und sind zurückgeflogen, doch wir konnten nichts mehr tun. Ich habe noch niemals so ein schreckliches Bild gesehen, sie haben vor niemandem Halt gemacht oder

Erbarmen gezeigt. Nur Jemina, Raphaels älteste Tochter, war verschwunden.«

Diego neben Dario flucht auf. Jemina und er kennen sich gut. Raphael ist ein alter Freund ihres Vaters und auch von ihnen. Wenn er sie besucht hat, um über ihre Geschäfte zu sprechen, hat er Jemina oft mitgebracht. Josh, sein Sohn, sollte mal die Familia anführen, doch er war noch jünger und so lange hat er meist seine älteste Tochter mit auf Reisen genommen.

Jemina ist etwas jünger als Diego, sie wird jetzt vielleicht 21 Jahre alt sein. Sie ist schon immer ein sehr hübsches Mädchen gewesen. Raphael hat eine Frau aus Finnland geheiratet und all seine Kinder sind heller gewesen als hier in Puerto Rico üblich. Jemina hat die hellblonden dicken Haare ihrer Mutter geerbt und grüne Mandelaugen mit braunen Sprenkelungen.

Diego war immer nach ihren Besuchen völlig hin und weg von ihr. Dario hat die beiden einmal dabei erwischt, wie er sie geküsst hat, doch damals waren sie vielleicht fünfzehn und jedes Mal, wenn die Familie wieder abgereist ist, ist auch dieser Kontakt abgebrochen.

Dario räuspert sich. »Sind alle tot? Seine Frau, die Kinder? Josh?« Der Mann nickt nur leicht und sieht auf seinen Teller. Man spürt, dass ihm das alles sehr nahe geht und jeder hier im Raum hat die gleichen Bilder vor Augen. Sie alle kannten Raphael und seine Familie.

»Warum habt ihr uns nicht zu Hilfe gerufen? Wann ist all das passiert?« Nun spricht ein anderer von Raphaels Männern weiter, auch ihm hört man seine Schmerzen deutlich an. »Vor wenigen Tagen. Um ehrlich zu sein waren wir nach diesen Bildern, die uns hier erwartet haben, zu keiner vernünftigen Reaktion mehr fähig, und das war das, worauf die Guerillas gehofft und womit sie gerechnet haben.«

Er deutet auf seine Wunden. »Wir haben im selben Moment angegriffen, wir waren völlig übernächtigt, da wir aus Sorge um unsere Frauen und Kinder nicht geschlafen haben, bis wir zurück waren, wir waren ohne Plan und sind einfach nur in El Salvador eingefallen und sie haben uns erwartet.«

Dario schiebt seinen Teller weg. Ihm ist der Appetit vergangen.

»Die Hälfte der Männer ist schon an der Grenze umgekommen. Sie haben uns erwartet und getroffen, tief getroffen. Diejenigen, die es weiter geschafft haben, wurden durch die Kämpfe getrennt. Ich war bei Raphael. Wir sind bis zum jetzigen Hauptlager der Guerillas gekommen, doch in dem Wald davor haben uns Männer von ihnen aufgehalten. Ich und Mikael hier konnten uns hinter Bäumen verstecken, ich habe gesehen, wie sie die anderen Männer gefangen genommen haben. Als ich angreifen wollte, hat Mikael mich aufgehalten und gesagt, dass wir zurück müssen und Verstärkung holen sollen. Wir haben Raphaels Handy gefunden, es muss bei den Kämpfen runtergefallen sein.«

Er atmet angespannt aus.

»Als wir gestern zurückgekommen sind und in unser Anwesen kamen, waren nur noch wir fünf da. Wir hatten einige Männer zurückgelassen, insgesamt gibt es gerade vierzig von uns. Von über zweihundert Männern. Wir wissen nicht, wie viele noch leben oder sonst etwas. Wir sind zum Präsidenten gekommen, um nach mehr Männern zu fragen, um die anderen zu befreien, da haben wir auch das Handy entsperren lassen und eure Nachricht gelesen und jetzt sitzen wir hier ...«

Der Präsident sieht Dario erwartungsvoll in die Augen.

»Honduras steht ohne mächtige Familia da. Unser Militär kommt nicht gegen die Guerillas an. Unser Land ist militärisch schon lange nicht mehr so gut aufgestellt, die Familia regelt hier fast alles. Natürlich sind wir zahlenmäßig überlegen, doch ich befürchte, das reicht nicht aus. Nicht um sie in ihrem eigenen Land zu besiegen. Überall wo sie auftauchen, vermehren sie sich und hinterlassen nur Schrecken und Ohnmacht. Ich habe bis jetzt nicht verstanden, wieso ihr so dringend nach El Salvador wollt, doch wenn ihr nichts tut, wird ganz Honduras in die Hände der Guerillas fallen und dann werden sie für ganz Lateinamerika ein Problem werden.«

Er hat mit wirklich vielem gerechnet, vorrangig hat er sich über die Frau auf den Bildern Gedanken gemacht, doch nicht, dass so viel hier passiert ist und sie in solch ein Chaos geraten.

Dario reibt sich über die Augen und sieht in die Runde.

Sein Magen dreht sich um beim Gedanken daran, was Raphael, seinen Männern und deren Familien angetan wurde, und natürlich muss er etwas tun, um ihn zu befreien, falls er überhaupt noch lebt, falls Jemina noch lebt, doch all das durchkreuzt ihre Pläne komplett.

»Was wissen wir Genaues? Von wie vielen Männern der Guerillas sprechen wir mittlerweile? Wo halten sie sich auf?« Diego sieht zum Präsidenten und den fünf Männern Raphaels, die hier bei ihnen sind.

»Auch sie hatten Verluste. Vielleicht sind noch um die hundert Männer im Einsatz, doch es geht bei ihnen nicht um die Anzahl. Ich habe das Gefühl, die haben all das jahrelang geplant und haben so viele Fallen, Verstecke und Hinterhalte, dass man gar nicht dazu kommt, in einen normalen Kampf zu geraten, den sie sicherlich verlieren würden.« Er atmet tief durch, auch ihm setzt das alles sichtlich zu.

»Momentan bewohnen sie eine Stadt bei San Salvador. Seit einigen Monaten sind sie dort, aber das bedeutet bei ihnen nichts. Sie wandern noch immer im ganzen Land umher, dort scheint momentan aber ihr Rückzugsort zu sein. Wir haben aktuelle Satellitenbilder. Ich lasse sie gleich bringen.«

Dario wendet sich an Nicky. Er war der Einzige, der von Anfang an wegen El Salvador beunruhigt war und er wünschte, er hätte mehr auf ihn gehört, doch keiner hat dieses kleine Land mit diesen kleinen Familias je ernst genommen. Ein schwerer Fehler, wie sich zeigt. »Versuch bitte, deine Freunde zu kontaktieren, vielleicht kannst du etwas Aktuelles herausbekommen.« Nicky nickt und steht auf. »Bestimmt. Die Menschen in El Salvador verständigen sich immer darüber, wo die Guerillas gerade sind und wo es gefährlich ist. Aber nicht um sie zu finden, sondern um vor ihnen zu fliehen. Ich versuche, sie zu erreichen.«

Er verlässt den Raum und Dario sieht zum Präsidenten und den Männern von Raphael. »Wie viele Männer vom Militär sind jetzt bereit für einen Einsatz? Wie viele Männer der Familia habt ihr noch hier?«

Er muss genau wissen, wo er steht, um planen zu können, was sie tun werden. »Ich kann um die vierzig Männer entbehren, der Rest muss die inneren und äußeren Grenzen weiter schützen, damit nicht alles zusammenbricht. Auch die Menschen in Honduras werden unruhig. Es muss dringend etwas passieren.«

Diego sieht zu den verletzten Männern. »Wir haben noch etwas mehr als dreißig Mann in unserem alten Anwesen. Sie wissen noch nicht, dass ihr hier seid, nur wir fünf. Doch sie werden bereit sein an ...« Dario schüttelt den Kopf und unterbricht ihn.

»Nein, ihr denkt, dass ihr Verräter der Guerillas unter euch habt und es ist sogar sehr wahrscheinlich, dass sie noch bei euch im Anwesen sitzen. Sie werden nicht mit zum Kampf gegangen sein, weil sie wussten was passiert und weil sie auch jetzt noch berichten sollen, was ihr vorhabt. Ihr fünf fahrt zurück. Sagt, ihr habt mit dem Präsidenten gesprochen und dass ihr euch Hilfe aus Mexiko holen wollt. Bringt sie erst gar nicht dazu, an uns zu denken.«

Er sieht sie alle ernst an.

»Tut so, als würdet ihr zusammen mit dem Präsidenten einen Angriff in einer Woche planen. Telefoniert oft miteinander und sprecht davon, so führen wir sie auf eine falsche Spur und sie bereiten sich auf einen falschen Angriff vor, der nie stattfinden wird. Wir werden früher angreifen, doch vorher muss ich mit meinem Vater sprechen.«

Keiner von ihnen hat mehr richtig Hunger, doch sie bleiben noch eine Weile zusammen sitzen. Nicky berichtet, dass die Guerillas sich auf die wichtigsten Grenzen verteilt haben. Sie rechnen mit einem erneuten Angriff des Präsidenten. Doch ein Hauptkern soll weiter in der Stadt bei San Salvador sein. Es wird darüber gesprochen, dass die Guerillas Gefangene haben, doch Genaueres wussten sie nicht. Seine Freunde sind am anderen Ende des Landes und verstecken sich.

Sie sitzen noch eine Weile zusammen, weder der Präsident noch die restlichen Männer von Raphael sollen darüber sprechen, dass sie jetzt hier sind. Sie besprechen, wie sie alle auf eine andere Spur locken, bevor sie zu den zwei Villen fahren, die sie für die Tage bewohnen werden.

Sie sind mit fünfzig Mann hier, es waren für Dario schon viel zu viele, nun weiß er, dass er noch mehr braucht. Bevor er sich das Haus ansieht, zieht er sich mit Diego zurück und ruft seinen Vater über seinen Laptop an.

Es bricht ihm das Herz, ihm mitzuteilen, was hier passiert ist. Er weiß, dass sein Vater bei zwei Kindern von Raphael Taufpate war. Diego hat den Präsidenten gebeten, sich darum zu kümmern, dass die Mitglieder der Familia, die hier getötet worden sind, zusammen beerdigt werden, damit Raphael dorthin zurückkehren kann, wenn sie es schaffen, ihn zu befreien.

Sie sehen den Schmerz in den Augen ihres Vaters, als er all das erfährt, was hier passiert ist, und auch er ist einen Moment sprachlos. Doch dann sagt auch er sofort, dass sie handeln müssen, sie dürfen über all das aber nicht vergessen, warum sie da sind: Daria.

Ihr Vater will selbst zu ihnen fliegen, doch Dario redet es ihm aus. Er soll mit seiner Mutter und Daniel im Haus bleiben, er wird Eleonora und Nael zu ihnen schicken. Seit der Entführung damals ist dieses Haus der sicherste Platz. Ihre Mutter hat dafür gesorgt, und selbst vom Meer aus kann man nicht auf das Haus zugreifen, sogar dort sind sie bewacht.

In dem Moment, als sie darüber sprechen, bildet sich in Darios Kopf schon ein Plan. Sie müssen zuschlagen, Raphael befreien, die

Frau finden, die sie für Daria halten und die Guerillas zerschlagen, und all das werden sie mit ihren eigenen Waffen tun.

Kapitel 7

»Er entwickelt sich sehr gut. Man würde gar nichts von seinem schweren Start ins Leben bemerken, wenn die Narbe nicht wäre. Aber auch die heilt sehr gut. Ich gebe Ihnen noch eine Creme mit, wenn Sie die regelmäßig anwenden, dann wird man später nur einen feinen, hellen Strich sehen. Sie können den kleinen Kämpfer wieder anziehen.«

Eleonora küsst Naels Bauch und zieht ihn langsam wieder an. »Danke. Ich finde auch, dass er jeden Tag mehr Fortschritte macht.« Die Kinderärztin lächelt und stellt ihr ein Rezept aus. »Hier in der Praxis treffen sich zweimal die Woche am Nachmittag Mütter mit ihren Kindern in sogenannten Spielgruppen. Natürlich ist Nael noch sehr klein, doch es ist gut für Babys, mit anderen Kindern Kontakt zu haben. Ich glaube, in zwei Wochen eröffnet eine neue Gruppe mit Babys in seinem Alter. Ich kann Ihnen gerne die Nummer der Frau geben, die das hier leitet. Dort kann man sich viel austauschen und hat mit anderen Müttern Kontakt.«

Sie bindet sich Nael um und nimmt das Rezept und die Nummer entgegen. Sie hat sich diese Ärztin ausgesucht, weil sie die beste in ganz San Juan sein soll. Sie hat nicht auf Dario gehört und irgendeine private Kinderärztin für Nael eingestellt, sondern auf ihr Bauchgefühl und ist in diese Praxis gekommen. Dario war zweimal dabei und auch er vertraut jetzt auf die wirklich gute Kinderärztin. Natürlich weiß die Ärztin, dass sie hier einen ganz besonderen kleinen Patienten hat, doch sie lässt sich das nicht anmerken, und dafür ist Eleonora ihr sehr dankbar.

Sie versucht, Nael trotz allem eine relativ normale Kindheit bieten zu können, sie wird dafür alles tun, was sie kann, deswegen nimmt sie die Nummer und bedankt sich noch einmal.

Als sie dann in die Apotheke geht und mit der Creme wieder herauskommt, ruft Dario sie an. Sie hört sofort, dass etwas nicht stimmt, auch wenn er ruhig fragt, was die Ärztin gesagt hat. Sie erzählt ihm alles und läuft zu sich in ihre Wohnung. Sie wollte heute mal wieder dort schlafen. Dario ist heute Morgen losgeflogen, deswegen nutzt sie die Gelegenheit und wird in ihrer Wohnung langsam mal einiges aussortieren. Fast alle Kleidungsstücke von Nael dort passen ihm nicht mehr und auch sie hat die Sachen, die sie nur noch trägt, alle bei Dario.

»Eleonora, all das hier wird doch nicht … so einfach, wie wir uns das vorgestellt haben. Wir sind hier auf einige sehr schlimme Sachen gestoßen und ich würde dich bitten, solange ich weg bin, mit Nael zu meinen Eltern zu gehen. Es ist nur zur Sicherheit, wir haben keinen Verdacht, dass etwas passiert, aber … ich würde mich besser fühlen, wenn ich weiß, dass ihr beide absolut sicher seid.«

Eleonora tritt gerade in ihre Wohnung. »Okay. Wenn du denkst, das ist besser, dann fahre ich zu ihnen. Ich nehme mir ein Taxi. Ist sonst alles in Ordnung?« Sie hört, dass Dario sehr angespannt ist. »Ja, es … ist kompliziert. Ruf mich an, wenn du bei meinen Eltern bist und wir sprechen nachher noch einmal in Ruhe miteinander. Pass auf dich und Nael auf. Ich liebe euch.«

Sie legen auf und Eleonora bekommt ein noch unruhigeres Bauchgefühl. Dass diese Reise nicht leicht wird, war von Anfang an klar, doch sie hatte gedacht, es wäre eher emotional schwer, nicht dass von dort unten wirklich Gefahr ausgeht.

Da sie dieses Leben erst seit wenigen Monaten kennt und auch nur sehr schwer einschätzen kann, vertraut sie Dario voll und ganz, was all das betrifft. Da Nael noch schläft, packt sie nur einige Sachen ein und verlässt direkt wieder das Haus. Sie sucht sich ein Taxi und sieht sich, bevor sie sich in eines setzt, noch einmal um. Sie kommt sich beobachtet vor, doch sie sieht nichts. Wahrscheinlich bildet sie sich das alles bei der Anspannung nur ein.

Die Taxifahrt dauert lange, sie lässt sich am ersten Wachposten absetzen, und die Männer der Familia bringen Nael und sie ins Haus, wo Milanda schon auf sie wartet. Sie nimmt ihren Enkel an sich und umarmt Eleonora. Man sieht, dass die Nachricht gestern sie sehr mitgenommen hat. Sie hat viel geweint und wahrscheinlich auch nicht gut geschlafen.

Sie erklärt ihr, dass Dariel zum Anwesen der Da Silvas gefahren ist und mehr Männer aussucht, die nach Honduras fliegen. Eleonora fragt nach, was passiert ist und Milanda erklärt ihr, dass die Familia, die Guerillas, schlimmer sind, als sie es erwartet haben und sie doch härter angreifen müssen, als sie es gedacht hatten.

Eleonora isst etwas, sie ist bisher nicht zum Essen gekommen und hört sich an, was Milanda weiß, dabei ist sie sich allerdings auch ziemlich sicher, dass Darios Mutter ihr nicht alles sagt, um ihr nicht die Sorgen zu bereiten, die sie selbst zu quälen scheinen.

Eleonora schreibt Dario, dass sie bei seinen Eltern ist, er meldet sich nicht und liest die Nachricht auch nicht. Jedes Mal wenn Eleonora sich aber um Dario Sorgen macht, hört sie immer nur, dass sie das nicht braucht. Es ist Dario, Dario Da Silva, als wäre das eine Garantie auf ein ewiges Leben oder seine Unverletzbarkeit.

Dieses Mal jedoch ist es anders. Sie setzt sich neben die angespannte Milanda, die Eleonora zulächelt und Naels Kopf küsst. »Danke, dass ihr hier seid. Seine Anwesenheit beruhigt mich.« Eleonora blickt in den Garten hinaus. »Ich habe Angst, Angst, dass einem etwas passiert. Und auch, dass sie nicht finden, was sie sich erhoffen.«

Auch Milanda sieht in den Garten hinaus. Eleonora ist dankbar, dass sie sich so gut mit Darios Mutter versteht.

»Ich auch, Eleonora. Ich auch. Weißt du, damals, als Daria mir weggenommen worden ist, ist für mich eine Welt zusammengebrochen. Mehr als das, es ist ein Teil von mir gestorben. So viele haben danach gesagt, ich wäre verrückt. Ich habe meine Kinder versucht, vor allem und jedem zu schützen. Am liebsten hätte ich sie nur in meinen Armen gehalten und nie wieder gehen lassen, doch Dario und Diego haben sich bald die Freiheit genommen, die sie brauchten und auch bei Daniel merke ich, dass ich ihm seine Freiheit lassen muss. Doch diese Angst bleibt, immer, jeden Tag, jede Stunde, jede Minute habe ich Angst, dass einem meiner Kinder etwas passiert und ich denke immer an meine Tochter, immer.«

Eleonora sieht zu Milanda und nickt. »Das verstehe ich. Allein der Gedanke, Nael könnte etwas passieren …« Sie sieht Elenora in die Augen und küsst Naels Kopf. »Ich weiß, dass Daria lebt. Als Mutter spürst du das, und glaube mir, ich hatte noch niemals solch eine Angst um meine Söhne wie jetzt, denn sie werden nicht klar denken können, wenn wirklich ihre Schwester nach all den Jahren plötzlich vor ihnen steht.«

Das weiß Eleonora, genau das ahnt auch sie und das schlechte Gefühl in ihrem Bauch wird nicht besser.

Irgendwann kommen Dariel und Daniel nach Hause. Sie versuchen sich vor Milanda und ihr nichts anmerken zu lassen, doch Eleonora hört, wie Daniel sich darüber aufregt, dass er nicht mit hinfliegen kann und die Worte seines Vaters, dass das viel zu gefährlich und dieser Kampf viel zu schwer sein wird, lässt sich in ihrem Magen einen schweren Knoten bilden, der nicht mehr weggehen will.

Sie ist dankbar, dass am Abend ihre Mutter kommt und bei ihnen bleibt. Milanda und sie sind mittlerweile gute Freundinnen und es tut auch ihr gut, dass sie da ist. Als dann endlich Eleonoras Handy klingelt, geht sie ins Gästezimmer, in dem sie heute mit Nael schlafen wird und setzt sich dort aufs Bett, während sie den Videoanruf von Dario entgegennimmt.

»Hallo.«

Auch er sitzt auf einem Bett und sieht ihr müde entgegen.

»Hallo mein Engel, wo ist Nael?«

Eleonora macht es sich bequem. »Meine Mutter ist auch da und er lässt sich gerade von seinen Omas verwöhnen.«

Dario lächelt erleichtert und Eleonora legt das Handy so hin, dass sie ihn richtig ansehen kann.

»Das, was da unten passiert, ist sehr gefährlich, oder?«

Es tut gut, mit all ihrer Angst Dario in die Augen blicken zu können.

»Du sollst dir keine ...«

Sie unterbricht ihn.

»Das tue ich aber, weil ich dich liebe. Ich liebe dich sehr, Dario, und ich möchte nicht, dass dem Vater meines Sohnes etwas passiert. Ich weiß, dass das mit der Familia und natürlich auch das mit deiner Schwester viel wiegt, doch ich hoffe, dass irgendwann auch Nael und ich genug Gewicht haben, dass du dich nicht mehr in Gefahr begibst und ich mich nicht um dich sorgen brauche.«

Dario setzt sich auf und sieht sie ernst über die Handykamera an.

»Das habt ihr auch jetzt schon, Eleonora. Du und der Kleine, ihr seid zu meinem Herzen geworden. Ich wüsste nicht, was ich tun würde, wenn ihr nicht mehr da seid, und ihr seid mir wichtiger als alles andere, doch das bedeutet nicht, dass ich nicht trotzdem meiner Verantwortung nachkommen muss, Engel.«

Auch wenn sie es versucht hat, sie kann nicht anders. Der Kloß in ihrem Hals und all ihre Gedanken lassen sie die ersten Tränen verlieren.

»Ich weiß, doch es ist so schwer für mich, mit der Angst zu leben, dich verlieren zu können. Stell dir vor, wie es dir gehen würde, wenn du genau jetzt um mich Angst haben müsstest und dir einfach die Hände gebunden sind. Ich kann nichts tun, außer abwarten, und ich weiß nicht mal ganz genau, was passiert oder passiert ist. Ich denke auch nicht, dass es gut ist, wenn ich wirklich alles wüsste, doch ich fühle mich so ... machtlos ... und das bei dem ... was mir am allerwichtigsten ist.«

Dario sieht ihr durch die Kamera in die Augen und atmet tief ein. »Es bringt mich um, dich jetzt nicht in den Arm nehmen zu können.«

Eleonora wischt sich die Tränen weg und versucht, auch ihm wieder in die Augen zu sehen.

»Ich verstehe deine Angst, Engel, und ich kann nicht viel mehr tun, als dir zu versprechen, dass ich alles dafür tun werde, bald wieder bei euch beiden zu sein. Ich passe auf und werde all das hier klären, ohne mich in große Gefahr zu bringen, du musst mir vertrauen, tust du das?«

Sie nickt, natürlich tut sie das. Doch sie vertraut der Situation nicht.

Sie sehen sich in die Augen und einen Moment sagt niemand etwas, dann lächelt Dario mild und in Eleonoras Bauch macht sich neben der Sorge auch eine große Sehnsucht breit.

»Du hast keine Vorstellungen, wie sehr ich dich liebe.«

Sie trennt ihren Blickkontakt nicht.

»Wenn es nur halb so viel ist, wie ich es tue, dann sorge dafür, dass du ganz schnell wieder gesund bei uns bist.«

Kapitel 8

»Okay?«

Dario sieht seinen Männern in die Augen, als sich die Türen des Flugzeuges öffnen. Insgesamt haben sie drei private Maschinen heimlich auf einem Feld nicht mal zehn Minuten vom Hauptquartier der Guerillas entfernt gelandet. Weit genug entfernt, damit sie nicht gehört werden, nah genug, um schnellstmöglich angreifen zu können.

Sie haben nur einen Tag geplant und auf die Verstärkung gewartet. Mit den Satellitenbildern, Informationen und allem anderen konnten sie schnell entscheiden, wo und wie sie angreifen.

Das war nicht geplant. Dario und Diego sind nach Honduras geflogen, ohne in El Salvador angreifen zu wollen. Sie wären dort hingekommen und hätten gekämpft, wenn sie gemusst hätten, aber es war nicht geplant, wie jetzt, nachdem sie das ganze Ausmaß erfahren haben, was hier passiert.

Dario hat nicht vor, gnädig zu sein. Er schlägt mit aller Härte zu. All seine Männer nicken ernst. Sie nehmen ihre Waffen und laufen los. Die drei Gruppen aus den drei Flugzeugen umfassen 120 Mann. Sie greifen auf allen Fronten mit der ganzen Härte an.

So leise wie es geht, bewegen sie sich fort und die drei Gruppen teilen sich so weit auf, dass sie sich noch sehen können, aber einen großen Umkreis bilden können. Sie sind gut vorbereitet, sie wissen, wann die ersten Wachen kommen und Diego und seine Männer schalten sie schnell und leise aus. Er weiß, dass das auch so gewesen sein wird, als die Männer Raphaels Familie angegriffen haben.

Sie kommen nicht so schnell voran wie gehofft. El Salvador ist sehr grün, sie müssen durch viel Wald gehen, es hat geregnet und alles ist schlammig. Diego und seine Männer überqueren eine Brücke, die anderen Männer sind im anderen Stück Wald. Dario achtet darauf, dass sie alle immer in Sichtkontakt sind.

Als sie dann endlich auf die zweiten Wachen stoßen, lassen sie einen am Leben und fordern ihn auf, durch sein Walkie-Talkie Bescheid zu sagen, dass sie Besuch bekommen. Dario wird sich nicht feige anschleichen, das hat er nicht nötig und sie sind schon da; es ist keine Zeit mehr für die Guerillas, etwas oder jemanden wegzuschaffen, den sie nicht finden sollen.

Nun bewegen sie sich nicht mehr so vorsichtig. Sie sehen die einfachen Holzhäuser, die zusammen auf einer Lichtung stehen und sobald sie die Lichtung betreten, fällt ein Schuss. Dario war schneller und der Schütze fällt, ohne einen von ihnen treffen zu können. Da kommen aus den Häusern immer mehr bewaffnete Männer und sehen sich verdutzt zu ihnen um. Dadurch, dass sie sich verteilt haben, kommen sie von allen Seiten und haben die komplette Lichtung umzingelt.

In der Mitte der Häuser brennt ein Feuer und aus dem größten Haus tritt sehr entspannt für die Situation, in der er gerade steckt, einer der Anführer heraus. Sie haben versucht herauszufinden, wer genau die Anführer der Guerillas sind, was nicht so leicht war. Kaum einer hat sich um diese Familia gekümmert und weiß viel über sie. Sein Vater erinnert sich, immer einen Ramondo getroffen zu haben, und der Mann, der mit einer Shorts und einem Gewehr umgehängt aus dem Haus kommt, ihnen frech entgegensieht und sich eine Zigarette anzündet, ist sein Sohn Juma. Der gefürchtete Juma, vor dem alle Menschen El Salvadors zittern.

»Die Da Silvas in unserem bescheidenen Land. Was für eine Ehre.« Sie alle treten näher, die Männer der Guerillas heben ihre Waffen, doch das interessiert sie nicht. Auch hier sind einige Männer, doch sie wissen, dass sich ein Großteil von ihnen an den Grenzen aufhält, wo sie genau in diesem Moment von der Armee der Präsidenten angegriffen werden. Sie greifen überall gleichzeitig an.

»Es war nicht klug, uns dazu zu bringen, hierher zu kommen, doch das wirst du erst nach und nach verstehen.«

Auch wenn sie noch etwas Abstand zueinander haben, kann Dario dem Mann genau in die Augen sehen und erkennt in seinem Gesicht die vielen Narben sowie einige Verbrennungen.

»Wir wussten, dass ihr eines Tages kommen werdet, wir haben viel Geduld, Dario. Auch wenn du nicht viel von uns weißt, wissen wir alles von euch und wir wussten immer, dass am Ende wir lachen werden.«

Dario sieht einen Moment zu Diego, der sich jetzt neben ihm einfindet. Sie beide ahnen, worauf er hinaus will, doch sie lassen ihn gar nicht die Überhand gewinnen. Nach einem kleinen Moment zieht Juma sein Handy aus der Shorts und liest eine Nachricht und etwas huscht über sein Gesicht. Dario lacht laut los.

»Genau, in diesem Moment verlierst du deine Männer an den Grenzen und in eurem anderen Sitz. Vielleicht verstehst du jetzt ja, dass man sich niemals mit den Da Silvas anlegt. Wo stecken Raphael und seine Männer? Wo habt ihr sie …?« Der Mann ruft seinen Männern zu, dass sie mehr Licht brauchen und es werden einige Laternen angemacht, die neben den Häusern stehen und da erkennt Dario erst, dass insgesamt acht Köpfe aufgereiht auf einem Misthaufen liegen.

Er bekreuzigt sich, es sind Raphael und seine Männer. »Sie waren uns zu anstrengend, nur die Tochter haben wir noch hier, sie hat mir besonders viel Freude bereitet.« Diego neben Dario verspannt sich, doch Dario weiß, dass er sich noch zurückhalten wird. Es sind nur wenige Sekunden. Dario ist für seine Schnelligkeit bekannt, er schießt Juma ins Knie, der einen Schrei ausstößt und zu Boden geht. Seine Männer schießen und Dario spürt einen Druck an der Brust, doch sie alle haben schusssichere Westen an und er ist so schnell bei Juma, dass der noch nicht einmal seinen Schrei beenden konnte. Dario hat auch laut und deutlich den Aufschrei einer Frau gehört und weiß, dass sich noch einige Leute in den Häusern aufhalten.

Seine Männer haben die Männer der Guerillas schnell unter Kontrolle, es dauert nur wenige Minuten und alle haben keine Waffen mehr oder atmen nicht mehr, die Entscheidung liegt bei ihnen.

»All das hier ist eine ganz verdammte Scheiße. Die Guerillas haben lange genug ihr Unwesen getrieben. Ich gebe jedem die Chance zu fliehen, ihr habt fünf Minuten. Wer danach noch hier ist, wird für all das bezahlen, was ihr den Menschen in El Salvador, Honduras und der Familia von Raphael angetan habt.«

Dario hält Juma eine Waffe an den Kopf und ruft seinen Männern zu, dass sie sich gut überlegen sollen, was sie machen. Er kann nicht noch einmal in die Richtung sehen, in der die Köpfe von Raphael und seinen Männern aufgereiht sind.

»Ruf die Männer an, sie sollen alles auseinandernehmen, jedes Haus, jeden Mann, wir lassen nichts von den Guerillas übrig.« Juma lacht schmerzhaft auf.

»Nicht so schnell, ich denke, wir haben hier etwas, was euch all das noch einmal überdenken lassen wird. Komm raus!«

Sie wussten es. Im Grunde ihres Herzens haben sie alle die ganze Zeit damit gerechnet, doch als jetzt aus einem der Häuser eine zarte Frau tritt, halten alle in ihrer Bewegung ein. Dario umfasst die Haare von Juma stärker, mit denen er ihn am Boden hält und ihm die Waffe an den Kopf drückt.

Er hört Diego fluchen, doch er selbst ist zu keiner richtigen Reaktion fähig. Hatten sie vorher noch Zweifel, ob diese Frau ihre Schwester ist, so sind diese jetzt nicht mehr da. Es können noch so viele Jahre vergangen sein, Dario weiß sofort, dass Daria vor ihm steht.

Seine Schwester trägt eine einfache schwarze Hose und ein weißes langes Shirt. Sie hat einen Zopf und lange schwarze Haare. Sie ist wunderschön, das war sie immer, sehr zart, und ihre großen dunklen Augen sehen von Diego zu ihr, so wie sie es als Kind schon immer getan hat. Selbst ein Blinder würde die Ähnlichkeit zwischen ihnen dreien sofort bemerken.

»Daria, deine Brüder sind gekommen. So wie ich es dir gesagt habe. Nur etwas früher als erwartet.« Ihre Schwester verschränkt die Arme vor der Brust und sieht zu Juma. Man sieht ihr an, dass sie sich um ihn Sorgen macht. »Es ist genauso, wie du es gesagt hast. Wie ihr alle es mir immer gesagt habt.«

Sie kommt langsam die Veranda des Hauses herunter, aus dem sie gekommen ist.

So mächtig sie sind, so viel sie zu sagen haben und so sehr sie sich auch bewusst waren, dass das passieren kann, sind sie sprachlos. Erst als Daria nach der Waffe greift, die ihre Männer auf den Boden zusammengelegt haben, reagieren sie wieder. Zu spät. Daria hebt die Waffe und richtet sie auf Dario.

»Lass meinen Bruder los!«

Dario blinzelt zweimal, er sieht, wie seine Männer ihre Waffen auf Daria richten und hebt die Hand, ohne allerdings Juma loszulassen. »Keiner hebt seine Waffe gegen sie. Daria … ich weiß nicht, was dir erzählt wurde oder was du weißt, doch das hier ist nicht dein Bruder. Ich bin dein Bruder und er, Diego. Wir haben dich immer gesucht, seit du mit drei Jahren entführt wurdest und ...«

Juma lacht auf und Daria schüttelt nur den Kopf. »Entführt? Ich weiß genau wer ihr seid, Dario. Ich kenne euch … alle. Im Gegensatz zu euch war Juma immer an meiner Seite, also ja, lass meinen Bruder los.«

Diego tritt vor und Daria kommt ins Straucheln, sie zielt nun mit der Waffe auf Diego, der unbeirrt zu ihr vortritt und nach der Waffe greifen will. »Ich weiß nicht, was dir diese Leute hier erzählt haben, doch das hier ...« Er zieht sein Handy aus der Tasche und zeigt ihr etwas.

Dario ist sich sicher, dass er ihr das Bild zeigt, auf dem sie alle zu sehen sind, kurz bevor Daria entführt wurde. »Das ist unsere

Familie an dem Tag, als du entführt wurdest, und seit diesem Tag haben wir alle immer nach dir gesucht. Mama weint immer noch jeden Tag und wir haben mittlerweile noch einen Bruder. Es wird Zeit, dass du nach Hause kommst, Daria, und ...«

Juma lacht laut auf und Dario schlägt ihm kräftig mit der Waffe ins Gesicht. Er spuckt Blut und hört trotzdem nicht auf zu lachen.

»Entführt?« Juma schreit sie bitter an.

»Euer Vater hat sie uns verkauft. Er wusste, dass meine Eltern keine Tochter bekommen konnten, und als die Guerillas immer mächtiger wurden, hat er ihnen diesen Deal vorgeschlagen. Als mein Vater gemerkt hat, wie wenig eurer Familie an Daria liegt, haben sie zugestimmt. Sie sollten sich dafür aus Puerto Rico heraushalten, was wir getan haben. Denkt ihr, sie weiß nicht, dass ihr sie damals verkauft habt wie ein Schaf oder eine Kuh? Und erst jetzt kommt ihr hierher, erst jetzt, wo ihr merkt, dass die Macht der Guerillas nicht mehr zu stoppen ist und denkt, sie glaubt euch diese Geschichte einer Entführung?«

Dario schüttelt ungläubig den Kopf. Das ist es, was ihrer Schwester erzählt wurde, seit sie drei Jahre alt war? Es ist kein Wunder, dass sie mit der Waffe auf sie zielt. Die Guerillas haben sie entführt und behalten, um immer ein Druckmittel gegen die Da Silvas zu haben. Dario ist sich sicher, dass sie ganz bestimmte Pläne hatten, doch sie sind ihnen zuvorgekommen.

»All das habt ihr ihr erzählt? Während mein Vater seine Tochter auf der ganzen Welt gesucht hat, nachdem man sie aus unserer Familie gerissen hat? Es ist kein Wunder, dass sie hier bei euch lebt und denkt, wir sind die Bösen, dabei lächelt sie jeden Tag ihren Entführern ins Gesicht. Es war der größte Fehler, euch jemals mit uns angelegt und meine Schwester angefasst zu haben.«

Ohne noch einmal aufzusehen drückt Dario ab.

»Nein!« Daria schreit panisch auf und lässt die Waffe fallen, während sie sich zu Juma kniet und seinen Körper anzuheben versucht. »Was habt ihr getan?« Sie schreit in die Richtung von Diego und Dario und sie sehen, dass sie wirklich glaubt, die Männer, die sie damals von ihnen gerissen haben, sind ihre Familie.

»Geht alle Häuser durch, nichts und niemand kommt davon, der mit alldem zu tun hat! Sagt das auch den anderen Männern!« Ihre Männer nicken und fast alle setzen sich in Bewegung. Dario und Diego bleiben etwas unbeholfen bei ihrer Schwester stehen. Sie ist ihre Schwester, doch im Grunde ist sie eine fremde Frau. Sie weiß nicht, wie schwer ihr Verlust sie getroffen hat, sie ist mit einer Lüge aufgewachsen, und sie beide erkennen den Hass in ihren Augen, als sie jetzt hochblickt und sie wütend ansieht.

»Falls ihr denkt, ich verrate meine Familia und mein Land oder verlasse es, habt ihr euch getäuscht. Selbst wenn ihr den letzten Mann tötet, werde ich hierbleiben und die Guerillas wieder aufbauen.«

Die Männer finden noch weitere Männer und bringen sie auf den Hof.

»Du wirst mit uns nach Hause kommen, Daria. Das alles ist ganz anders, als du denkst. Ich verstehe, dass du uns nicht glaubst, doch du musst uns die Chance geben, dir zu beweisen, dass ...« Sie steht auf, sie ist völlig blutverschmiert und funkelt sie beide böse aus ihren schönen Augen an.

»Zu beweisen was? Ich bleibe hier, hier ist mein Zuhause, meine Familie ...« sie deutet auf einen Mann, der unbeteiligt zwischen all dem steht, » ... mein Verlobter.«

Diego sieht zu dem Mann und schüttelt den Kopf. »Wir bringen dich zu unseren Eltern. Hör dir zumindest alles an. Du bist eine erwachsene Frau, wenn du uns dann nicht glaubst, wird dich niemand zwingen können zu bleiben, doch du musst uns erst einmal richtig zuhören. Du wirst schon erkennen, was die Wahrheit ist. Selbst Lola ist noch da. Erinnerst du dich an die dunkelhaarige Puppe, der ich damals die Haare abgeschnitten habe?«

Einen winzigen Augenblick huscht etwas über ihr Gesicht, als hätte sie eine warme Erinnerung gestreift, doch all das hier sitzt viel zu tief, als dass sie es einfach so abstreifen könnte. Deswegen wendet sie sich um, kniet sich hin und beginnt laut um die Männer zu weinen, die eigentlich für alles Leid in ihrer aller Leben verantwortlich sind.

Ihre Männer rufen sie und Diego geht in ein Haus. Wenige Minuten später kommt er blass mit einer blonden Frau im Arm wieder heraus. Die Frau ist nur in blutige Laken gewickelt und Diegos Gesicht verrät ihm, dass es Jemina ist.

Dario blickt sich um und atmet tief aus.

Sie wussten nicht, was sie hier erwartet, jetzt sieht er auf das absolute Chaos, Verwüstung und Tod. Er blickt zu seiner verzweifelten Schwester, für die sie die Bösen sind, auf Diego mit Jemina im Arm und genau in diesem Moment beginnt ein furchtbarer Platzregen.

Er sieht zu seiner Schwester und ein tiefer Schmerz durchfährt seine Brust. Um ehrlich zu sein haben weder Diego noch Dario damit gerechnet, ihre Schwester wiederzusehen. Irgendwann haben sie all den Schmerz genommen und weitergelebt, auch wenn sie immer die Trauer in den Augen ihrer Eltern gesehen haben. Sie hatten gar keine andere Wahl, als das zu tun, weil sie nicht wussten, was mit Daria passiert ist.

Doch wenn er sich ein Wiedersehen vorgestellt hat, dann nicht so. Er hätte sie einfach in den Arm genommen. Sie endlich wieder zu ihrer Mutter gebracht. Den Teil des Herzens, den er für immer verloren geglaubt hat, aufgefüllt und seine Schwester nicht mehr losgelassen, doch nun steht er hier und wagt es sich kaum, näher an sie heranzutreten, weil er so viel Hass und Ablehnung in ihrem Blick sieht und das zerreißt ihm das Herz erneut.

Dario hebt den Kopf, kühlt sein Gesicht mit den kalten Regentropfen und schließt die Augen.

Auch wenn er immer ruhig ist und einen klaren Kopf behält, glüht er innerlich. Er kann seine Gefühle selbst kaum zuordnen. Das würde niemals jemand erkennen, er wurde jahrelang darauf trainiert, das alles nicht zu zeigen, doch im Inneren tobt ein wahrer Orkan in ihm.

Selbst wenn das das Ende eines jahrelangen Kampfes gegen den Verlust ist, weiß er, dass es erst der Anfang eines Kampfes um Vertrauen ist und was noch alles auf sie zukommen wird.

Kapitel 9

»Willst du dich lieber setzen?«

Eleonora sieht besorgt zu Milanda, die neben ihr steht und deren Hände zittern. Sie kann sich nicht einmal vorstellen, wie es für sie sein muss, jetzt, nach all den Jahren ihre Tochter wiederzusehen.

Zusammen mit Dariel und Daniel warten sie im Gemeinschafts-haus im Gebiet der Da Silvas. Vor ungefähr drei Stunden haben sie mit Dario aus dem Flugzeug sprechen können. Sie haben alles geschafft, was sie erreichen wollten. Die Frau, die sie unter den Guerillas gefunden haben, ist tatsächlich Daria. Milanda ist bei die-ser Nachricht weinend zusammengebrochen und Dariel hat ein Gebet geflüstert.

Doch nur Dario hat mit ihnen gesprochen und ihnen versucht zu erklären, dass Daria natürlich nicht mehr das dreijährige Mädchen ist, was sie verloren haben, und das wirklich zu begreifen ist schwer.

Ihr wurde erzählt, dass man sie an die Guerillas verkauft hat. Sie haben ihr sofort gesagt, dass das nicht stimmt, doch noch kom-men sie nicht an Daria heran. Es waren zu viele Jahre, die sie an diese falsche Wahrheit geglaubt hat. Und dann standen plötzlich ihre Brüder da und haben alles zerstört, was sie die letzten Jahre als Familie gesehen hat. Sie haben die Menschen getötet, die eigentlich ihre Entführer waren, für sie aber ihre Familie dargestellt haben. Deswegen hat das erste Wiedersehen nicht so ausgesehen, wie sie alle es sich vorgestellt haben.

Daria wollte nicht einmal mitkommen, um ihre Eltern zu sehen. Sie möchte mit ihnen allen nichts zu tun haben, nichts hören, nichts wissen und auch nicht mit Dario und Diego sprechen. Sie haben es immer wieder versucht. Leider mussten sie sie zwingen, mit ihnen ins Flugzeug zu steigen. Sie trauert um diese Familie, die nie ihre war, und alles, was ihre Brüder tun konnten, ist sie mitzunehmen. Daria hat darauf bestanden, ihren Verlobten mitzunehmen, den einzigen Mann, den sie am Leben gelassen haben.

Man hat Dario deutlich angesehen, wie schwer die letzten Stunden waren. Daria hat sich mit ihrem Verlobten in eine Ecke gesetzt und spricht mit niemandem, sie müssen sie zwingen, sich zu bewegen.

Alle haben sich das Wiedersehen mit Daria anders vorgestellt, doch wenn man wirklich darüber nachdenkt, ist es doch klar, dass sie alle Daria wie Fremde gegenüberstehen werden. Milanda und Dariel haben ihrem Sohn zugehört, Eleonora weiß aber nicht, ob sie es wirklich verstanden haben.

Dario hat ihnen versucht zu erklären, dass wenn sie jetzt kommen, sie Geduld haben müssen und Daria nicht überfordern dürfen, doch dass Milanda vernünftig handeln kann, wenn sie ihre Tochter nach all den Jahren wiedersieht, bezweifelt Eleonora, und sie versteht sie vollkommen. Doch wenn sie sich in Darias Lage versetzt und sich vorstellt, sie wäre mit einer Familie aufgewachsen und diese wäre alles für sie gewesen und sie würde mit dem Glauben aufwachsen, ihre echte Familie wollte sie nicht mehr, kann sie sehr gut verstehen, dass sie sich wie eine Gefangene fühlt.

Ihr Herz schlägt aufgeregt in ihrer Brust, sie haben bei all dem Durcheinander nicht einmal erfahren, ob Männer von ihnen verletzt sind. Sie wissen nur, dass die Männer, die sie gehofft hatten, noch befreien zu können, schon tot waren, als sie angekommen sind und dass sie eine Frau namens Jemina gefunden haben.

Sie alle sind auf dem Rückweg.

Sie haben noch einige Männer dort gelassen, um das restliche Land zu sichern und der Armee in Honduras zu helfen, die Kontrolle zurückzugewinnen, doch Dario, Diego und alle anderen müssen jeden Moment hier ankommen.

Keiner von ihnen hat die Nacht geschlafen.

Es ist früher Morgen und Nael schläft im Kinderwagen. Dario hat sie gebeten, ins Gemeindehaus zu kommen und nicht im Haus am Meer zu warten. Das bedeutet, dass auch er alldem noch nicht richtig traut und vorsichtig sein will.

Als sie jetzt vor dem Haus mehrere Autos halten hört, räuspert sie sich leise. Sie zieht sich ein wenig nach hinten zurück, um diesen Moment der Familie zu lassen, doch als sie Dario ins Gesicht sieht, der als Erster ins Haus kommt, weiß sie, dass das hier alles andere als ein schönes Wiedersehen sein wird.

Einen Moment sieht Dario Eleonora in die Augen, bevor er sich umwendet und eine Frau und ein Mann hinter ihm in den Raum treten.

Milanda atmet hektisch ein und läuft auf die Frau zu.

Nun erkennt auch Eleonora sofort, dass das Daria ist. Sie sieht ihren Brüdern und auch Milanda sehr ähnlich. Die junge Frau ist ungefähr in ihrem Alter, sie ist sehr zart und trägt einen hohen Zopf, eine einfache schwarze Leggings und ein weißes Shirt. Sie ist vollkommen ungeschminkt und trotzdem wunderschön. Man sieht ihr an, dass sie viel geweint hat und sie sieht sich kalt und abweisend um.

Sie ist völlig überrumpelt, als Milanda sie an sich drückt und laut schluchzend zu weinen beginnt. Einen Moment sieht es so aus, als würde sie versuchen, Milanda von sich zu schieben, doch dann versteift sich Daria einfach nur, während Milanda kaum mehr an sich halten kann. Sie weint und dankt Gott laut. Sie bittet Daria um Verzeihung, sie so lange nicht gefunden zu haben.

Diego kommt noch in den Raum, sonst niemand. Es ist ganz still. Daniel sieht ein wenig verunsichert zu Eleonora und hält sich genau wie sie eher im Hintergrund. Er ist noch jung und es fällt ihm wahrscheinlich schwer, solch eine emotionale Szene zu sehen und damit umzugehen. Auch Dariel tritt zu seiner Tochter.

Dario und Diego senken den Blick, als sie sehen, wie ihre Mutter verzweifelt ihre verlorene Tochter umarmt. Einige Minuten sagt keiner ein Wort. Es ist ein so bewegendes Bild, dass auch Eleonora die Tränen kommen. Man sieht, dass Daria diese Umarmung gar nicht möchte und das macht all das um so trauriger.

Während Eleonora sich die Tränen wegwischt, sieht sie, wie auch Daniel nun den Blick gesenkt hält. Milanda spricht ein leises Gebet und entfernt sich von Daria, um ihr ins Gesicht zu sehen.

»Du bist so schön geworden, meine Prinzessin. Immer wenn ich an dich gedacht habe, habe ich mir das genauso vorgestellt. Ich weiß, dass du das nicht wissen kannst, doch wir haben jeden Tag nach dir gesucht.« Daria weicht sofort zwei Schritte zurück. »Ihr musstet mich nicht suchen, ihr habt mich an meine neue Familie verkauft.«

Nun tritt auch Dariel noch näher zu ihr, man sieht, wie ergriffen auch er von der ganzen Situation ist. »Sie haben dir das erzählt, doch das stimmt nicht. Wir haben Videoaufnahmen von damals. Das alles ist auf überwachtem Gebiet passiert und glaube mir, ich habe die Aufnahmen tausend Mal gesehen. Ich verstehe, dass du durcheinander bist, aber sieh dir dieses Video an.«

Er geht zu einem der Bildschirme, die hier im Besprechungsraum aufgestellt sind. Nach wenigen Handgriffen wird eine eindeutig sehr alte Aufnahme gezeigt. Dariel muss das vorbereitet haben, nachdem Dario ihm erzählt hat, was Daria glaubt. Man sieht einen Platz von oben, wie verschiedene Menschen umherlaufen, feiern, es ist ein Fest. Überall laufen Kinder umher und der Vater zeigt auf zwei kleine Kinder, die zu einem Eisstand gehen. »Das sind Diego und du, deine Brüder haben immer auf dich aufgepasst.«

Eleonora selbst sieht das Video zum ersten Mal, sie weiß nur aus Erzählungen, was als Nächstes passiert, doch als dann plötzlich Hektik auf dem Bild ausbricht und man sieht, wie zwei Männer schießen und selbst kurz darauf erschossen werden, hat auch sie kaum mehr auf die beiden Kinder geachtet. Das Video ist alt und hat keinen Ton, doch trotzdem sind diese Bilder erdrückend. Man sieht eine junge Frau zu den beiden Kindern rennen, die sich auf den Boden hocken, dabei wird sie angegriffen und liegt auf dem

Boden. Der Junge steht auf und rennt schnell zu seiner Mutter, und in diesem Augenblick kommen zwei Frauen und nehmen das kleine Mädchen, was sich mit Händen und Füßen wehrt, auf ihre Arme und sie rennen weg.

Es bricht Eleonoras Herz ein weiteres Mal an diesem Abend, als sie sieht, wie der Junge und ein weiterer Junge, der Dario sein muss, hinter den beiden Frauen herrennen und dann auch mehrere Männer. Die Frau bleibt bewusstlos am Boden liegen, und dann schaltet Dariel das Video aus und sieht zu Daria, die völlig emotionslos von dem Bildschirm zu Dariel blickt. »Ich kann mich an den Tag erinnern, nicht an alles, aber daran, dass ich Angst hatte und nach meinen Brüdern gerufen habe.«

Nun sehen alle zu ihr. »Aber dann weißt du doch, dass wir dich nicht freiwillig weggegeben haben. Niemals im Leben hätten wir das getan. Niemals. Wir haben nie aufgehört, dich zu suchen, wir haben die besten Spezialisten angeheuert. Ich bin durch die ganze Welt gereist und habe dich gesucht.«

Nun wendet sich Daria ab. »Blödsinn. Ich habe dich doch gesehen. Es ist egal, was sie mir gesagt haben. Ich war in dem Haus und habe dich auf dem Rasen stehen sehen mit meinen Onkeln. Ich habe geschrien und geweint und wollte zu dir, doch sie haben mich festgehalten und gesagt, dass du da bist, um dir noch mehr Geld zu holen. Du warst da und du hast mich dort gelassen. Das hat mir niemand erzählt, das habe ich gesehen. Ich weiß, dass ich es nicht glauben wollte und dass ich jeden Tag nach meinen Eltern und Brüdern gefragt habe, doch irgendwann habe ich es einfach akzeptiert. Ihr habt mich dafür weggegeben, dass die Guerillas Puerto Rico in Ruhe lassen und wie ich sehe, hat es sich ja gelohnt. Ihr lebt in Reichtum und jetzt, wo wir dabei waren, mächtiger zu werden, ist euch eure kleine Tochter wieder eingefallen und ihr seid zurückgekommen? Ich bin hier, ihr habt mich gesehen und habt alles zerstört, was mein Zuhause war. Wenn ihr jetzt noch etwas tun wollt, lasst mich und meinen Verlobten gehen und all diesen Wahnsinn hier vergessen. Ich kehre zurück und sehe, was von den Guerillas noch übrig ist und wir bauen alles wieder auf.«

Man hört und sieht, wie enttäuscht und traurig Daria ist. Dario setzt an, etwas zu sagen, doch Dariel stellt sich seiner Tochter in den Weg und sieht ihr in die Augen. Er redet ganz ruhig, er wird verstehen, was in Daria vor sich geht.

»Ich war da, ich war mehrmals bei den Guerillas, ich war überall wegen dir, doch ich wusste nicht, dass du da bist. Ich habe dort Häuser durchsucht und mir wurde alles bereitwillig gezeigt. Ich habe dich nicht gesehen oder gehört, vielleicht haben sie dich versteckt und dich erst herausgelassen, als ich wieder gehen wollte, und dass ich jetzt weiß, wie nah du warst und dass ich dich nicht gehört habe … gib uns und dir Zeit. Bleib einige Tage hier, beruhige dich und höre dir noch einmal alles genau an, und dann, wenn du dann wirklich gehen willst und noch immer glaubst, wir haben nicht alles dafür getan, dich zurückzuholen, dann kannst du gehen. Du bist keine Gefangene hier, doch ich bitte dich, uns einige Tage Zeit zu geben.«

Daria stemmt ihre Arme in die Hüften. »Ihr habt meine Familie getötet und soweit ich es gesehen habe, wurden zum Schluss auch noch auf Befehl meiner sogenannten Brüder unsere Häuser angezündet. Ich werde hierbleiben, bis wir überlegt haben, was genau wir jetzt tun, das hat aber nichts mit euch zu tun.«

Auch wenn noch immer viel Wut und Trauer aus Daria spricht, hört man, dass sie nicht mehr ganz so widerwillig wie noch ganz am Anfang ist. Das hier wird nichts sein, was innerhalb weniger Tage einfach geklärt sein wird, doch vielleicht finden sie alle doch noch zusammen, man sieht Daria aber deutlich an, dass sie Ruhe braucht. Sie alle brauchen Ruhe. Nael beginnt zu weinen, Dario kommt zum Kinderwagen und nimmt ihn auf seinen Arm und gibt Eleonora einen Kuss auf die Wange. Daria sieht einen Moment zu Nael und dann wieder zu ihrem Vater.

»Wir haben hier ein Gästehaus, dort gibt es alles, was du brauchst. Wir werden auch hierbleiben und morgen früh kann ich dir alles zeigen, was wir über die Jahre angesammelt haben.« Diego tippt etwas in sein Handy und sieht zu dem Mann, der die ganze Zeit völlig unbeteiligt und emotionslos neben Daria steht. Es ist ein Mann mit einem großen G ins Gesicht tätowiert. Er trägt nur eine braune Hose, die ihm viel zu weit nach unten hängt und ein weißes Unterhemd.

»Er kann hier nicht bleiben. Hier dürfen nur Mitglieder der Da Silvas bleiben.« Daria sieht zu ihrem Bruder und ihm in die Augen. »Dann kann ich ja auch nicht hierbleiben.« Diego erwidert ihren Blick. »Du bist unsere Schwester, auch wenn du selbst das nicht so siehst.« Sie deutet zu dem Mann. »Und er ist mein Verlobter.« Dario schnauft leise auf. »Du hast bis jetzt nicht zwei Worte mit ihm gesprochen.«

Daria schüttelt den Kopf. »Das geht euch zwar nichts an, aber wir kennen uns erst seit zwei Tagen. Wir sollten in einer Woche heiraten.« Dario sieht zu dem Mann. »Einen Mann, den du gar nicht kennst?« Milanda, die noch immer bei ihrer Tochter steht, hat sich langsam ein wenig gefangen und deutet Dario ruhig zu bleiben, doch Daria blickt zu Dario, dabei trifft auch Eleonora kurz ihr Blick. Sie ist eine wirklich schöne Frau. »Ja, so ist das bei uns. Juma hat mir meinen Mann ausgesucht.« Bevor jemand etwas erwidern kann, berührt Milanda ihre Tochter am Arm. »Komm, mein Engel. Ich zeige dir, wo du dich ausruhen kannst.«

In dem Moment, in dem sie das Haus verlassen, kommen Milan und Nuno herein. Die beiden gehören neben den Cousins und Nicky zu Darios engsten Vertrauten. Diego weist sie an, das Haus und Daria und ihren komischen Verlobten nicht eine Sekunde aus den Augen zu lassen.

Als sie alle weg sind, reibt sich Dariel enttäuscht und müde die Augen. »Ich habe mir das immer anders vorgestellt. Wir haben ein kleines Mädchen verloren, dessen Augen gestrahlt haben, wenn sie bei mir auf dem Arm war oder mit ihren Brüdern gespielt hat, und nun steht eine erwachsene Frau vor uns, die uns über alles hasst. Eure Mutter wird ein weiteres Mal daran zerbrechen.«

Sie alle schweigen. Sie wissen, dass er recht hat.

All das bedrückt Eleonora und nimmt sie mit. Sie kann sich nicht vorstellen, wie schlimm das für Darios Eltern, für ihn und Diego sein muss. Sie alle gehen nach Hause, um all das sacken zu lassen und endlich zu schlafen. Auch Nael hat kaum geschlafen, aber nachdem Eleonora ihn gestillt hat, schläft er friedlich in seinem Bett wieder ein. Sie fragt sich, ob er spürt, dass sie jetzt zuhause sind und er deswegen richtig zur Ruhe kommt.

Sie geht die Treppen hinab, um nach Dario zu sehen, der unten beim Arzt geblieben ist, der sich seine Rippen ansehen wollte. Dario wurde von einer Kugel getroffen, die durch eine Schutzweste aufgehalten wurde. Als sie jetzt nach unten kommt, sitzt Dario angelehnt auf der Couch und der Arzt hat ihm eine Salbe aufgetragen.

»Die Frau ist in einem schlimmen Zustand, wir konnten nicht viel tun. Wir mussten sie in ein Krankenhaus einliefern lassen. Diego ist bei ihr.« Dario nickt und der Arzt erklärt, dass er nur eine Prellung hat. Er soll sich einige Tage schonen, wobei sie alle wissen, dass er das nicht tun wird. Eleonora bringt den Arzt zur Tür und bedankt sich; als sie zurückkommt, sieht Dario ihr müde und erschöpft entgegen.

Leise geht sie zu ihm, sie setzt sich auf seinen Schoß und seine Hände umfassen sie sofort. Eleonora nimmt Dario fest in den Arm und flüstert ihm leise zu, wie sehr sie ihn liebt und dass er sich keine Sorgen machen soll und alles wieder gut wird. Es ist vielleicht das erste Mal, dass der mächtige Anführer der Da Silvas gehalten wird und sie spürt, wie nach und nach die Anspannung aus Darios Körper weicht.

Sie geht ein klein wenig zurück und sieht ihm in die Augen.

Mittlerweile kennt sie den Mann, den sie so sehr liebt, schon ziemlich gut und sie sieht ihm an, dass es ihm nicht gut geht. Weder körperlich noch seelig.

»Ich kenne eure Familie noch nicht lange, aber lange genug, um genau zu wissen, dass ihr auch das schaffen werdet. Es braucht Zeit, aber ihr werdet auch das überstehen, dieses Mal musst du mir vertrauen und mir glauben.«

Dario lächelt mild und schließt die Augen, als sie sich vorbeugt und ihn auf die Lippen küsst und ihm zeigt, wie dankbar und froh sie ist, dass er wieder bei ihr ist.

Kapitel 10

»Verdammt!«

Dario geht zu den abgetrennten Köpfen, die auf dem stinkenden Misthaufen aufgereiht stehen. Er hat schon viel gesehen, doch das hier ist noch einmal eine andere Nummer. »Wir bereiten all dem Wahnsinn hier ein Ende!« Er bekreuzigt sich und sieht zu Raphaels Kopf, genau in dem Moment, als dieser die Augen öffnet und ihn ansieht. »All das hat noch gar nicht richtig angefangen! Pass gut auf, Dario!«

Erschrocken setzt sich Dario im Bett auf. Es dauert ein wenig, bis er begreift, dass das gerade nur ein Traum war. Es ist normal, dass ihn so etwas im Schlaf einholt, es ist nicht das erste Mal, doch sein Herz schlägt dieses Mal wild gegen seine Brust, so echt hat sich das gerade angefühlt.

Erst nachdem er einige tiefe Atemzüge genommen hat, hat er sich so weit wieder gefangen, um auf die Uhr zu blicken und zu sehen, dass es schon Mittag ist. Er hat den Schlaf gebraucht, sie alle haben Ruhe nötig. Nael liegt neben ihm in seinem Bett. Er wird gerade seinen Mittagsschlaf machen. Dario hört die Dusche aus dem Bad und steht auf.

Sobald er wach ist, beginnt sein Kopf sofort auf Hochtouren zu arbeiten, dass er wirklich mal entspannt war, ist schon lange her. Momentan gibt es zu viel, was ihn beschäftigt. Natürlich, viel zu tun gibt es immer, doch das mit Daria trifft ihn wirklich. Dazu der Ärger mit Mexiko und dieser verdammte Barim … er kann nur hoffen, dass sich alles legt, am wichtigsten ist es erst einmal, dass sie an Daria herankommen.

Jetzt, mit etwas Schlaf und einem kleinen Abstand, weiß er natürlich, dass es normal ist, wie sie reagiert und sie ihr Zeit geben müssen. Doch er hat auch gemerkt, dass Daria nichts anderes möchte, als von hier zu verschwinden, und er hofft, dass sie ihnen die Zeit gibt, ihr klarmachen zu können, dass sie niemals das getan haben, was ihre Schwester von ihnen denkt.

Erst einmal schiebt Dario nun aber alles beiseite, als er ins Bad tritt und den Rücken von Eleonora vor sich sieht. In ihrer Dusche kann man den Oberkörper durch die Duschwand sehen, der untere Bereich ist verdeckt, doch Dario weiß genau, was ihn erwartet, als er sich seine Boxershorts abstreift und die Duschtür öffnet.

Bevor Eleonora dazu kommt sich umzudrehen, umfasst Dario ihre Hüften und küsst ihre Schulter. »Du bist ja endlich wach.« Seine Hand streicht über ihre weiche Haut und schiebt ihre langen Haare zur Seite. »Du hättest mich wecken können.« Nun dreht sich Eleonora um und sein Körper reagiert sofort auf ihre Rundungen, die sich an ihn schmiegen. »Nein, du hast den Schlaf gebraucht, doch wir müssen gleich los. Davinas Schwester hat Geburtstag.«

Ihre Arme legen sich um seine Schultern. Sie streicht zärtlich mit ihrer Hand über seine Wange. »Ich hätte gerne den Tag mit dir verbracht. Ich bin so froh, dass du zurück bist ...« Dario beugt sich vor und küsst ihre Lippen. »Wir haben in letzter Zeit viel zu wenig Zeit füreinander. Gib mir ein paar Tage, um das ganze Chaos zu verdauen, und dann fliegen wir drei weg und machen ein paar Tage Urlaub.«

Eleonora lächelt, sie beide sind nass und die warmen Wassertropfen prasseln unaufhörlich auf sie herunter. Diese Wärme und das Strahlen in Eleonoras schönen Mandelaugen vertreibt die Kälte, die sich in seinen Knochen festgesetzt hat.

Er hat es nie für möglich gehalten, dass er jemals so etwas für eine Frau empfinden würde, doch Eleonora bedeutet ihm alles. Er ist ihr unendlich dankbar für sein Leben, Nael, doch auch ohne ihn wäre Eleonora die Frau, die er an seiner Seite haben möchte und der er sein ganzes Herz schenkt. Wenn er jetzt an diesen Abend zurückdenkt, als sie das erste Mal aufeinandergetroffen sind, hat er das vielleicht sogar schon damals gespürt. Er wusste, dass diese Frau für ihn etwas ganz Besonderes ist.

»Das ist eine gute Idee. Ich denke, das brauchen wir wirklich.« Eleonora küsst seine Brust und den ersten gesunden Herzschlag ihres Sohnes, den er an seinem Herzen trägt.

»Ich liebe dich, Dario, und das so sehr, dass es mich innerlich zerreißt, dich so zu sehen. Ich sehe, wie du all das in dir behältst und der Druck auf deinen Schultern weiter wächst.« Dario küsst Eleonoras feine Nase. »Das war schon immer so, Engel. Mal mehr, mal weniger, und diese Verantwortung und dieser Druck wird auch bleiben, doch weißt du, was sich geändert hat? Dass ich solche Momente jetzt als Ausgleich habe, oder Momente, wo ich meinen Sohn im Arm halte und alles andere abschalte, weil ich mein Glück für mich gefunden habe, auch wenn du das vielleicht nicht merkst, Nael und du, ihr gebt mir viel Kraft und Ruhe.«

Sie stellt sich auf die Zehenspitzen. »Das ist schön.« Als sie ihn dieses Mal küsst, vertieft Dario den Kuss schnell. Er weiß noch genau, wie verrückt ihn Eleonora und ihr zarter weicher Körper von Anfang an gemacht hat. Er liebt jeden Zentimeter an ihr. Seine Hände umfassen ihren Po und ihr Kuss wird verlangender. Ohne zu zögern öffnet sich Eleonora ihm und er hebt sie hoch, ihr Rücken lehnt gegen die Fliesen und sie atmet schneller, sobald sie den Kuss lösen und seine Hand weiter in ihre Mitte wandert.

Sie ist wunderschön und sie gehört zu ihm, das spürt er mit jeder Faser seines Körpers.

Doch ihre Worte hallen in seinem Hinterkopf wieder. Sie merkt, wie müde er ist und wie sehr ihn all diese verschiedenen Baustellen belasten. Er muss sich mehr Freiräume schaffen, in denen er durchatmen kann.

Deswegen genießt er auch die nächste Stunde mit Eleonora und Nael und fährt die beiden dann zu Davina, wo er sie auch wieder abholen wird.

Erst als er auf dem Rückweg ist, widmet er sich mit seinen Gedanken wieder den Problemen. Er fährt zu dem Haus, in dem seine Eltern leben, wenn sie nicht am Meer sind und findet sie in der Küche. Sein Vater und Daniel sind nicht da.

Er betrachtet das sorgenvolle Gesicht seiner Mutter, während er ihr einen Kuss auf die Wange gibt und sieht, dass sie Batata macht. So haben sie immer einen bestimmten Eintopf genannt, mit Kartoffeln und Gemüse. Es war Darias Lieblingsessen und ihre Mutter hat ihn nie wieder gekocht, nachdem ihre Schwester entführt wurde, bis heute. »Das riecht sehr gut. Wo sind Papa und Daniel? Was gibt es Neues von Daria?«

Seine Mutter rührt den großen Topf um. »Ich musste erst das alte Rezept deiner Großmutter heraussuchen, solange habe ich das nicht mehr gekocht. Ich habe die Hälfte der Zutaten vergessen. Wir waren heute Vormittag bei Daria, aber da haben die beiden noch geschlafen. Gerade waren wir wieder dort, auch Diego war da. Daria wollte wieder nicht mit uns sprechen. Ihr komischer Verlobter hat sich die ganze Zeit in der Sonne gesonnt und Daria hat im Schlafzimmer auf dem Bett gelegen und die Wand angestarrt. Wir haben versucht mit ihr zu sprechen, doch Diego und dein Vater sagen, dass sie trauert. Auch wenn wir es besser wissen und wissen, wer diese Menschen wirklich waren, hat sie gerade alles verloren, was ihr wichtig war.«

Dario sieht in den Garten. »Es ist krank. Sie hält uns für die Bösen und trauert um ihre Entführer.« Seine Mutter legt ihre Hand auf seine und bringt ihn so dazu, wieder zu ihr zu sehen. »Ich habe auch nicht geschlafen, weil es mir wehtut, Daria endlich bei mir zu haben und …. doch irgendwie auch nicht. Doch dann habe ich mir versucht vorzustellen, wie es ihr geht und ich meine, wie es ihr wirklich geht. Wie sie sich fühlen muss … sie war drei, Dario, und auf einmal waren wir weg. Sie musste sich an diese neuen Menschen binden und uns loslassen, wahrscheinlich hat sie nur so all das überlebt. Vielleicht weiß sie irgendwo tief in ihrem Herzen, wer wir sind und auch in ihr wird noch diese tiefe Liebe stecken, die wir für sie empfinden, doch wir müssen ihr die Zeit lassen, all das von alleine wiederzufinden. Auch wenn es mir sehr schwerfällt, gebe ich ihr diesen Raum. Ich koche für sie und sehe nach ihr, doch ich möchte sie nicht überfordern und sie noch einmal verlieren. Wir müssen Geduld haben, doch wir können aufatmen, auch wenn es gerade nicht so gut aussieht … wir haben unsere kleine Prinzessin wieder.«

Dario lächelt, er ist froh, dass seine Mutter wieder Hoffnung hat. Er weiß nicht, ob er diese Hoffnung teilt, doch seit langer Zeit strahlen ihre Augen wieder und er möchte ihr das nicht nehmen. »Ach so … Daniel ist im Fitnessraum mit den Männern. Ich befürchte, es dauert nicht mehr lange und er wird auch hier leben wollen. Diego und dein Vater sind zu Jemina gefahren. Sie wollten mir nicht alles sagen, was passiert ist, doch ihr geht es nicht gut. Sie hat einiges mitgemacht, sie steht unter Schock. Die Männer der Guerillas haben sie sehr schlecht behandelt.«

Auch er wird noch ins Krankenhaus fahren. »Okay, dann werde ich mal sehen, ob Daria mit mir spricht. Hast du Adrian gesehen?« Seine Mutter nickt. Auch wenn er der Anführer ist, aber wenn seine Mutter mal hier ist, was leider selten der Fall ist, weiß sie immer über alles und jeden Bescheid. »Ja, er war auch heute Vormittag bei Daria, dann ist er mit seiner Verlobten weggefahren.« Das ist gut, vielleicht klärt sich das wenigstens endlich mal. »Bis später, Mama.«

Dario läuft direkt in das Gästehaus, in dem Daria und ihr Verlobter wohnen. Milan steht in der Küche und seine Schwester sitzt am Tisch und trinkt einen Kaffee. Auch jetzt bleibt Dario stehen und kann diesen Anblick nicht fassen. Sie sitzt einfach hier und ist wieder bei ihnen. »Guten Morgen.« Dario räuspert sich und geht zu Milan, der angelehnt in der Küche steht, ein Glas Orangensaft trinkt und zu Daria blickt. »Sie redet nicht mit uns.«

Im Garten liegt der Mann der Guerillas und schläft auf einer Liege. Dario stellt sich zu Milan und deutet zu ihm. »Lasst den Kerl keine Sekunde aus den Augen, wer weiß, was er plant.« Milan nickt. »Ich habe gerade Nuno abgelöst. Er sagt, dass sie in getrennten Zimmern schlafen. Ich verstehe gar nicht, was der hier will, die beiden sind niemals ein Paar, die reden nicht miteinander.« Er atmet tief aus und sieht wieder zu seiner Schwester, die noch immer aus der Glasfront blickt, als wäre er nie hereingekommen.

»Glaub mir, es gibt hier so einiges, was ich nicht verstehe.« Er geht zu seiner Schwester und stellt sich genau vor sie. »Komm!« Daria blickt langsam auf und in Darios Herzen breitet sich das warme Gefühl der tiefen Liebe aus, das er schon immer für seine Schwester empfunden hat und was er so lange Jahre unterdrücken musste.

Sie ist genauso schön, wie er sie sich als erwachsene Frau immer vorgestellt hat. Sie trägt eine Jogginghose und ein schwarzes Top. Dario weiß, dass das die Kleidung ist, welche sie immer für spontane Übernachtungsgäste haben. Heute hat sie ihre schwarzen Haare offen. Sie wirkt so noch jünger und Dario erkennt einige Sommersprossen auf ihrer Nase, wie sie auch ihre Mutter hat.

»Nein. Ich werde garantiert nicht mit den Mördern ...« Dario unterbricht sie und stützt sich vor ihr auf dem Tisch auf, er sieht ihr fest in die Augen. »Komm mir nicht so, Daria. Ich war da. Ich habe gesehen, was diese Leute, die du deine Familie nennst, mit Raphael und seinen Männern gemacht haben. Sie haben einige Nächte davor Frauen und Kinder getötet, und eine Frau liegt ein paar Kilometer weiter im Krankenhaus, nachdem deine Familie mit ihr fertig war.«

Er trennt nicht eine Sekunde ihren Augenkontakt und auch Daria sieht ihm fest in die Augen.

»In ganz El Salvador atmen die Leute aus, weil es die Guerillas nicht mehr gibt und sie alle unter ihnen gelitten haben. Ich weiß, dass die Menschen sagen, dass auch du grausam warst, doch das glaube ich nicht. Ich kann nicht glauben, dass mein Fleisch und Blut das alles wollte. Ja, ich habe sie getötet und wenn du es genau wissen möchtest, sind sie noch viel zu gut dafür weggekommen, dass sie mir meine kleine Schwester vor so vielen Jahren weggenommen haben und sie mich jetzt wie einen Fremden ansieht und für das, was sie alles mit den Menschen gemacht haben. Also komm! Ich möchte dir etwas zeigen.«

Er rechnet fest damit, dass sie nicht aufstehen wird, doch auch wenn sie bei seiner Ansprache keinerlei Regung gezeigt hat, steht sie zu seiner Überraschung doch auf und sieht ihn abwartend an. Diese Chance wird er sich nicht entgehen lassen, er deutet ihr mitzukommen und sie verlassen das Gästehaus. Dario hat vor dem Haus seiner Eltern geparkt und sie steigen dort in sein Auto. Alle die vorbeigehen, sehen zu ihnen und grüßen leise. Sie alle werden wissen, wie seltsam diese Situation ist.

Er blickt immer wieder zu Daria, doch sie zeigt keinerlei Regung, weder sieht sie jemanden an, noch grüßt sie zurück, noch irgendwas, doch das alles ist Dario egal. Er ist froh, dass sie sich auf den Beifahrerplatz setzt und er losfahren kann. Sie ignoriert auch ihn komplett, doch das hält Dario nicht davon ab, ihr alles zu zeigen und zu erklären, wer die Männer sind oder was für Häuser es hier gibt.

Als sie dann durch die Gegend fahren, zeigt er ihr auch hier alles, seine Hoffnung ist, dass sie sich vielleicht an die ein oder andere Sache erinnert, doch Daria reagiert gar nicht. Als sie dann halten, atmet Dario laut aus. »Ich war ewig nicht in dieser Straße.« Er steigt aus und auch Daria verlässt das Auto.

Er geht mit ihr zu dem Platz, an dem mehrere kleine Kinder an den Wasserfontänen und kleinen Brunnen spielen und viele Vögel umherlaufen und fliegen und sich im Wasser abkühlen.

Dario setzt sich auf eine Bank und deutet Daria, sich auch zu setzen. »Genau hier ist es passiert. Erinnerst du dich? Hier wurdest du entführt und von uns genommen.« Er zeigt zu den kleinen erbauten Brunnen und Wasserfontänen, die jeden Tag Kinder herlocken, und der goldenen Figur eines kleinen Mädchens, das im Schneidersitz dasitzt und lachend zu den spielenden Mädchen und Jungen blickt.

»Erkennst du dich? Die Figur wurde nach einem Bild von dir erstellt ...« Er spürt, wie schwer all diese Erinnerungen auf ihm lasten und sieht zu seiner Schwester, die nun zu der Figur blickt.

»Wir konnten nicht mehr in diese Straße, doch Mama war jeden Tag hier. Sie hat sich hier an dem Platz, wo du als Letztes bei uns warst, dir am nächsten gefühlt. An deinem zehnten Geburtstag hat sie das entstehen lassen, die Figur und alles andere ... du hast Wasser und Vögel geliebt und sie wollte etwas haben, was an dich erinnert. Nun ist der Platz jeden Tag voller lachender Kinder, Vögel und Wasser, und alle kennen hier deine Geschichte. Siehst du die Blumen und Kerzen, die an der Figur stehen?«

Er deutet dorthin. »Auch jetzt, nach all den Jahren bringen jeden Sonntag nach der Kirche immer wieder Leute Blumen und Kerzen her und zeigen, dass sie für dich gebetet haben und besonders dafür, dass du zu uns zurückkehrst und siehst du ... es hat geholfen. Nach all den Jahren bist du wieder hier. Ich hätte wirklich nicht geglaubt, dass ich hier heute mit dir sitze.«

Ein Mann mit frittierten und in Zucker eingehüllten Stangen geht vorbei und Dario kauft ihm welche ab. Er reicht Daria einige und sie nimmt sie tatsächlich an und beißt hinein. Dabei zieht sie ihre Beine an sich und beobachtet weiter die spielenden Kinder. Sie redet nicht mit ihm, doch sie hört ihm zu und sie ist bei ihm, das ist mehr, als er sich so schnell erhofft hat.

»Wir müssen dir Zeit geben, ich versuche zu verstehen, wie das für dich sein musste und doch glaube ich nicht, dass wir das jemals wirklich begreifen können, aber ich möchte, dass du weißt ... dass ich dich liebe. Du bist meine kleine Schwester und ich habe damals das Gefühl gehabt, man reißt mir ein Stück des Herzens heraus, und das, obwohl wir noch so jung waren.«

Es ist gar nicht so leicht, all das offen auszusprechen, was er so lange tief in sich getragen hat.

»Du warst nicht mehr da und keiner wusste so wirklich, was zu tun ist. Vielleicht hast du eine andere Geschichte gehört und glaubst daran, doch ich war hier. Ich habe unsere Eltern um dich weinen gesehen und ich habe dich wahnsinnig vermisst.«

Nun sieht Daria doch zu ihm und Dario lächelt mild.

»Ich verlange nicht, dass du so tust, als wären die letzten Jahre nicht gewesen, doch ich würde dich bitten, uns eine Chance zu geben. Sieh dir das hier an, Daria. Das tut keine Familie, die ihr Kind freiwillig weggegeben hat. Das ist von uns gebaut worden. Ein Versuch, den Schmerz zu lindern, was nie geglückt ist und ich hoffe, dass du es schaffst, genau hinzusehen und die Wahrheit zu erkennen.«

Kapitel 11

»Das ist schon ziemlich verrückt.« Eleonora nickt und sieht auf ihr Handy. Dario hat ihr noch nicht geantwortet. Sie läuft mit Davina, die sie von der Uni abgeholt hat, zur Wohnung ihrer Mutter am Hafen. Sie hatte heute wieder ein paar Vorbereitungskurse und ihre Mutter hat solange auf Nael aufgepasst, da alle anderen gerade nicht die Zeit dafür haben.

Daria ist nun etwas über eine Woche bei ihnen und alles ist noch sehr durcheinander. Sie beginnt nach und nach, den Kontakt zu Darios Familie zuzulassen, doch sie reagiert noch nicht. Vielleicht ist es ein ganz guter Weg, für den sie sich entschieden hat. Erst fand Eleonora es merkwürdig, doch nachdem sie länger darüber nachgedacht hat, hat sie es sogar verstanden.

Daria weiß, dass das ihre richtige Familie ist, doch sie traut ihnen nicht. Sie hat diese Geschichte im Hinterkopf, an die sie so viele Jahre geglaubt hat, doch jetzt zeigen ihr alle, dass es eine andere Wahrheit gibt und Dario hat ihr einiges präsentiert, was deutlich belegt, dass sie entführt wurde. Eleonora war dabei, als er alles herausgesucht hat, die vielen Ordner mit Berichten von Privatermittlern, von Polizisten, die vielen Schecks, die ausgestellt wurden, die Recherchen, die sie selbst geführt haben, alles. Er hat Daria fünf volle Ordner gebracht, doch nicht nur er bemüht sich.

Milanda verbringt die meiste Zeit im Haus, in dem Daria noch immer mit ihrem eigenartigen Verlobten lebt. Sie kocht für sie, bleibt neben ihr und zeigt ihr die vielen Bilder, die sie alle ordentlich in Fotoalben eingeklebt hat. Auch Dariel ist viel bei seiner Tochter, doch ihm, Diego und Dario fällt es schwer zu akzeptieren, dass Daria nicht viel mit ihnen spricht. Manchmal verbringen sie mehrere Stunden bei ihr im Haus, reden mit ihr, suchen ihre Nähe, aber Daria sagt nicht ein Wort, und wenn sie etwas sagt, dann meist nur ein ja oder ein nein oder etwas sehr kurzes. Doch es sind Kleinigkeiten, an die sich nun alle klammern.

Sie lässt es zu, dass sie bei ihr sind. Sie akzeptiert es, wenn ihre beiden Brüder bei ihr im Garten sitzen und sich mit ihrem Vater besprechen, als wäre es das Normalste der Welt. Es wird besser und nun kann nur noch die Zeit zeigen, wie sich das alles weiterentwickelt.

»Hast du schon mal mit diesem komischen Verlobten gesprochen?« Sie überqueren eine große Straße und gehen in ihr Wohnhaus. »Nein, ich war auch noch nicht bei der Schwester. Ich möchte das erst einmal Dario und seiner Familie überlassen, allein das ist schon schwer genug für alle. Daniel hält sich ebenfalls etwas zurück, obwohl sie ja auch seine Schwester ist.«

Sie atmet tief ein. »Dieser Verlobte war am Anfang ruhig, doch so langsam nervt er Dario immer mehr. Er will raus, das Gebiet verlassen und dass sie nicht Tag und Nacht bewacht werden, doch Dario hat ihm gesagt, dass er sich nicht in ihrem Gebiet frei bewegen darf. Er wird nicht eine Sekunde aus den Augen gelassen und wenn er das nicht möchte, soll er verschwinden, doch das war ein Moment, wo Daria ausnahmsweise mal etwas gesagt hat. Sie hat darauf bestanden, dass er bei ihr bleibt, obwohl die beiden nicht viel miteinander sprechen.«

Davina sieht sie etwas überfordert an. »Milan ist wohl die meiste Zeit im Haus und er bekommt einen immer besseren Draht zu Daria, auch er will diesen Verlobten am liebsten loswerden, keiner traut ihm. Ich hoffe, die können sich alle die nächsten Tage etwas zurückhalten. Jetzt einen Streit wegen dem Verlobten ist das Letzte, was sie gebrauchen können.«

Davina hält sie am Arm zurück, bevor sie in die Wohnung ihrer Mutter gehen.

»Du siehst aber auch ziemlich unglücklich aus. Das Strahlen aus deinen Augen schwindet immer mehr. Was ist noch los?« Eleonora zuckt nur leicht die Schultern. Sie schläft schlecht und liegt oft wach. »Es ist gerade einfach viel los, Dario hat so viel zu tun. Das alles mit seiner Schwester, es gibt immer mehr Probleme mit den

Mexikanern wegen seines Cousins. Sie haben eine Lieferung bekommen, in der sie betrogen wurden, morgen fliegt er dorthin und wieder muss ich Angst um ihn haben ... es ist einfach gerade sehr viel, aber ich versuche, Dario zu unterstützen, auch wenn ich nicht viel tun kann, außer Verständnis zu haben. Er sagt, wir fahren weg, wenn sich alles etwas beruhigt hat.« Davina sieht ihr in die Augen und sie erkennt die Zweifel in den Augen ihrer besten Freundin, doch sie nickt nur und Eleonora ist dankbar dafür.

Ihre Mutter wartet schon.

Nael liegt auf dem Bauch, vor ihm bunte Bauklötze, die er ansieht und berührt, dabei quiekt er vergnügt. Ihre Mutter hat eine Lasagne vorbereitet und sie essen zusammen, unterhalten sich nur über den neuesten Klatsch und Tratsch aus der Hafengegend und von Eleonoras alter Arbeit. Dario schreibt ihr nur, dass er noch einen Termin hat und erst spät nach Hause kommt. Sie haben sich kaum gesehen die letzten Tage.

Eleonora wird den Nachmittag hier verbringen, vielleicht schläft sie sogar hier, momentan tut es gut, ein wenig Abstand zu alldem zu gewinnen.

Nach dem Essen spielen sie etwas mit Nael, doch als sie dann merken, dass er müde wird, legen sie ihn in den Kinderwagen und laufen zusammen zum Einkaufszentrum. Ihre Mutter muss zur Arbeit und Davina und Eleonora laufen den Rest des Weges allein. Immer wieder sieht sich Eleonora um, sie hatte die letzten Tage oft das Gefühl, beobachtet zu werden, wahrscheinlich bildet sie sich das aber nur ein, aufgrund der ganzen Horrorgeschichten, die sie zu hören bekommt.

Im Einkaufszentrum gehen sie in das Babyfachgeschäft und kaufen einige Sachen, die sie noch braucht, dann laufen sie mit dem schlafenden Nael durch Boutiquen und Eleonora kauft sich zwei neue Kleider.

Als sie aus dem letzten Laden herauskommt, stellt sich plötzlich ein Mann vor sie und grinst sie frech an. »Eleonora? Das ist ja ein

Zufall, was tut ihr hier?« Sie sieht in das etwas füllige Gesicht des Mannes. Sie kennt ihn, sie hat ihn schon mal gesehen, doch sie kommt nicht genau darauf, woher. Seine Tätowierungen und die Waffe, die er offen im Hosenbund trägt, lassen sie aber vermuten, dass er von den Da Silvas ist. Sie kennt viele der Männer nur vom Sehen, es sind zu viele, um sie alle persönlich zu kennen. Deswegen lächelt sie zurück.

»Oh, ja hallo. Wir waren etwas einkaufen. Dario ist aber nicht dabei.« Der Mann greift in den Kinderwagen und nimmt den schlafenden Nael in seine Arme, der sofort zu weinen beginnt. »Hey, der Kleine schläft, das ...« Der Mann sieht sie entschuldigend an. »Oh nein, das wollte ich nicht. Ich wollte Dario nur ein Bild schicken mit seinem Sohn, damit er weiß, dass ich euch getroffen habe. Könnt ihr ein Bild machen?«

Davina sieht Eleonora fragend an, doch sie weiß, dass die Männer von Dario alle sehr vernarrt in Nael sind. Der Mann hat sicherlich keine Erfahrungen mit Babys und meint das nicht böse.

Sie nimmt sein Handy und macht ein Foto von ihm und Nael, dann gibt sie es ihm zurück und nimmt Nael wieder an sich, der immer stärker zu weinen beginnt. »Danke und habt noch viel Spaß, wir sehen uns.« Eleonora nickt und sieht dem Mann hinterher.

»Das ist genauso merkwürdig.« Davina legt alle Einkaufstüten in den Kinderwagen und sie gehen zum Wickel- und Stillbereich im Einkaufszentrum. Eleonora stillt Nael, der sich erst dann langsam beruhigt.

»Ja, es sind so viele Männer in der Familia und ich kenne alle kaum, doch sie alle kennen mich und ich kann immer gar nicht zuordnen, wer wer ist, doch Dario sind sie alle wichtig. Es ist eine große Familie, von der du niemanden richtig kennst.«

Davina schüttelt nur den Kopf.

Das, was langsam eintritt, kennt Eleonora, es ist in jeder Beziehung das Gleiche. Die anfängliche Euphorie weicht und man betrachtet alles nüchterner.

Auch wenn sie Dario über alles liebt, gibt es immer mehr Dinge, die auch für sie nicht so leicht zu verstehen sind. Sie ist es nicht gewohnt, in einer Familia zu leben, und durch alles was passiert, fehlt Dario auch die Zeit, ihr zu helfen, sich an alles zu gewöhnen.

Nachdem sie Nael gestillt hat, bekommt Eleonora starken Durst. Davina wickelt Nael und Eleonora sagt, dass sie schon einmal vorgeht. Sie nimmt den Kinderwagen, in dem die ganzen Einkaufstüten liegen, und verlässt das Zentrum.

Auf dem Parkplatz vor dem Einkaufszentrum steht ein Stand mit frisch gepressten Säften. Sie geht schon zwei holen und Davina und Nael kommen nach.

Als sie gerade auf den Zebrastreifen treten will, sieht sie zu einem Auto, was auf sie zugefahren kommt. Langsam, da sie ja auf dem Zebrastreifen ist. Sie erkennt darin den Mann, der ein Foto mit Nael gemacht hat.

In dem Moment klingelt ihr Handy und ehe sie in ihre Tasche greifen kann, gibt der Mann plötzlich so stark Gas, dass Eleonora reflexartig stehen bleibt.

Plötzlich passiert alles wie in Zeitlupe, der Mann rast auf sie zu.

Eleonora sieht zu ihm, versucht den Kinderwagen zurückzuziehen, um nach hinten auf den Bordstein zu gelangen, doch all das geht zu schnell. Mit voller Wucht fährt der Mann in den Kinderwagen hinein. Der Kinderwagen wird Eleonora aus ihren Händen gerissen und fliegt über den Parkplatz. Der gesamte Inhalt wird verteilt, der Aufprall war so stark, dass Eleonora nach hinten fällt, direkt gegen ein Verkehrsschild.

Sie hört Frauen schreien, hört das Auto wegrasen, hört ihr Handy klingeln und kurz danach sieht sie in Davinas besorgtes Gesicht, die Nael fest an sich drückt, dann wird plötzlich alles schwarz um sie herum.

Das Nächste, was Eleonora wieder bewusst mitbekommt ist, dass ihr Kopf schmerzt und sie sich in einem Krankenwagen befindet. »Da sind Sie ja wieder. Bewegen Sie sich nicht, wir müssen erst einmal gucken, was alles passiert ist.« Eleonora versucht sich umzusehen, ohne sich zu bewegen und blickt in Davinas Augen. Sie weint und nimmt Eleonoras Hand in ihre. Nael ist in ihren Armen und auch er sieht zu ihr.

»Das war ... das war so knapp.« Davina ist ganz blass, auch Eleonora erinnert sich langsam wieder, was passiert ist. Ein Sanitäter misst ihren Puls und überprüft ihre Pupillen. »Der Wagen hat extra beschleunigt, er wollte dich ...« Eleonora will sich aufsetzen, doch der Sanitäter hindert sie daran. »Vorsichtig!« Sie sieht zu dem Mann und ihrer besten Freundin.

»Das war nicht irgendein Mann, das war der Mann vom Center, einer der Da Silvas. Er hat das bewusst gemacht, er hat mich dabei angesehen und er wollte nicht mich treffen. Er hat auf den Kinderwagen gehalten. Er dachte, Nael liegt drin, und wäre das so gewesen, dann ...« Eleonoras Atem wird schneller, als sie begreift, was da gerade passiert ist. Normalerweise hätte Nael im Kinderwagen gelegen, der Mann hat nicht gesehen, dass nur ihre Tüten da drin waren und Davina noch mit Nael im Center war.

»Atmen Sie ruhig durch. Das können wir alles später klären, zu allererst müssen wir überprüfen, was Sie alles abbekommen haben. Sie sind hart zurückgeprallt. Laut Zeugenaussagen ist Ihr Kopf gegen ein Schild geschlagen. Ihre Hände und Arme sind aufgeschürft und ich denke, Sie haben eine Gehirnerschütterung.« Eleonoras Kopf dröhnt fürchterlich, sonst spürt sie keine Schmerzen; sie zittert und sieht das Gesicht des Mannes vor sich, als er sie angesehen hat, bevor er Gas gegeben hat. Es war voller Hass.

»Habt ihr den Mann? Wurde er geschnappt?« Davina schüttelt den Kopf. »Er hat fast noch eine Frau umgefahren, als er davongerast ist. Es war unmöglich, ihn aufzuhalten. Alle sind zu dir gekommen, der Krankenwagen kam und ich bin mit Nael sofort reingekommen.«

Sie halten und die Tür wird geöffnet.

Eleonora wird herausgefahren und in einen Untersuchungsraum gebracht. Davina und Nael bleiben bei ihr und dort setzt sich Eleonora auch so auf, dass sie Nael wieder an sich nehmen kann. »Wieso hat er das getan?« Nun kann Eleonora aussprechen, was groß in ihrem Kopf steht. Ihre beste Freundin zittert noch genauso sehr wie sie, sie beide stehen völlig unter Schock.

»Ich weiß es nicht, ich verstehe von alldem viel zu wenig und nun noch weniger.« Nael schläft müde in Eleonoras Arm ein und sie drückt ihn an sich, sie verweigert ihrem Körper den Gedanken, was wäre, wenn er im Kinderwagen gelegen hätte. Allein dieser Gedanke bringt sie um den Verstand.

Eine ganze Weile sitzen sie allein in diesem Raum. Davina neben ihr hält ihre Hand und mit jedem Atemzug beruhigen sie sich beide. »Vielleicht sollten wir die Da Silva-Karte ausspielen, damit sich mal ein Arzt blicken lässt.« Eleonora hält sich den Kopf, da wird die Tür aufgerissen und sie sehen in Darios besorgte und wütende Augen.

Ohne ein Wort zu sagen kommt er zu ihr, nimmt Nael an sich und zieht Eleonora in seine Arme. Diego sieht in den Raum und nimmt sein Handy in die Hand, während Dario Eleonora nur in seinen Armen hält. Sie spürt, dass er einen Moment zittert, ob aus Sorge oder aus Wut, kann sie nicht sagen, doch sie trocknet ihre Tränen an seinem T-Shirt-Ärmel und seine Lippen küssen ihre Wange und ihre Lippen.

Diego kommt zu ihnen und erklärt ihnen alles. »Wir haben euch gesucht. Barim hat Dario ein Bild von sich und Nael geschickt. Er hat dich sofort angerufen, doch du bist nicht mehr rangegangen. Auf dem Bild hat man gesehen, wo ihr seid. Wir sind sofort zum Einkaufszentrum gefahren und haben dort den Kinderwagen vorgefunden und die Polizei, die erklärt hat, dass ein Auto einen Kinderwagen gerammt hat und alle ins Krankenhaus gebracht wurden. Dann sind wir sofort hergekommen.«

Dario lässt sie los und Diego nimmt Nael auf den Arm. »Was habt ihr abbekommen?« Nun ist es Davina, die alles erklärt, Dario und Diego hören angespannt zu. »Wie geht es dir? Wo ist der Arzt?« Im selben Augenblick kommt ein Arzt herein, nun weiß er ja, dass die Da Silvas da sind und sofort liegt alle Aufmerksamkeit auf ihnen. Eleonora wird untersucht und zum Röntgen gebracht. All das dauert lange, und als sie zurück in den Raum kommt, sitzen nur noch Dario und Davina mit Nael da.

Alles was passiert ist und die ganzen Untersuchungen haben Eleonora müde gemacht. Sie kommt nicht einmal dazu sich zu setzen, da kommt schon der Arzt. »Also, wir haben jetzt alles überprüft, sie haben eine Verstauchung an der Hand, Schürfwunden und eine leichte Gehirnerschütterung. Sie sollten einige Tage Ruhe haben und sich ausruhen. Außerdem stehen sie unter Schock. Sind sie sicher, dass sie keine Beruhigungstabletten möchten?« Eleonora schüttelt den Kopf und nimmt Nael an sich, der auf dem Arm seines Vaters ist. »Nein danke, ich stille noch und es geht schon. Ich lege mich zuhause hin.«

Sie stehen alle auf, Dario nimmt Eleonoras Hand in seine, bisher sind sie noch nicht dazu gekommen, miteinander zu sprechen. Sie verabschieden sich und gehen auf den Parkplatz. Davina sagt, dass sie ihre Mutter informiert hat, und als Eleonora sich ins weiche Leder des Autos setzt, atmet sie langsam wieder im normalen Rhythmus. Davina und Nael sitzen hinten und als sie alle angeschnallt sind, gibt Dario Gas und fährt vom Krankenhaus weg.

»Okay, was ich nicht verstehe: Wieso gibt es dieses Bild? Wieso gibst du Nael auf Barims Arm, du weißt doch, dass er versucht, sich an uns zu rächen und nur auf solch eine Gelegenheit gewartet hat.« Eleonora wendet sich verwundert zu Dario. Mit allem hat sie gerechnet, doch nicht mit diesem vorwurfsvollen Ton und dass er … ihr das hier vorwerfen könnte.

»Natürlich weiß ich das, aber ich wusste doch nicht, wer Barim ist. Ich habe den Mann erkannt, aber wusste nicht mehr vorher.« Dario trommelt ungeduldig auf dem Lenkrad herum.

»Wenn Nael im Kinderwagen ...« Eleonora unterbricht ihn scharf, sie weiß nicht, ob sie schon einmal so mit ihm gesprochen hat, doch ihre Nerven sind am Ende. »Das weiß ich, Dario, ich war dabei.« Er sieht zu ihr und nickt. »Ich weiß, es tut mir leid. Ich muss nur ... ich muss Barim finden, sofort. Meine Männer stellen gerade ganz Puerto Rico auf den Kopf. Dafür wird er bezahlen. Ich bringe euch ans Meer. Solange Barim frei herumläuft, müsst ihr dort bleiben. Es gibt keinen sichereren Ort momentan. Ich habe die Wachen verstärkt.«

Eleonora sieht durch den Rückspiegel in Davinas Augen. »Ich kann auch bei meiner Mutter ...« Dario unterbricht sie wieder. Er ist sauer, neben all der Sorge erkennt Eleonora erst jetzt richtig, wie wütend er ist. »Nein, ich gehe kein Risiko mehr ein. Das heute hätte ... das hätte nie passieren dürfen. Ich bringe das in Ordnung, aber dafür muss ich euch erst in Sicherheit wissen. Bleibst du bei ihnen, oder soll ich dich zuhause absetzen?« Dario blickt auch zu Davina durch den Rückspiegel, doch sie hat morgen frei und sieht zu Eleonora. »Ich bleibe bei ihnen.« Dario nickt und fährt auf die Landstraße.

Eleonora sieht aus dem Fenster, es beginnt zu dämmern, sie waren lange im Krankenhaus. Ihr Kopf dröhnt und der Schreck sitzt ihr noch tief in den Knochen. Dario steht vor Wut völlig neben sich. Ihr laufen Tränen die Wangen herunter, sie ist in einem großen Alptraum gefangen, nur dass sie gerade nicht schläft.

Eine warme Hand umfasst ihre und Dario streicht mit seinem Daumen über ihren Handrücken.

»Ich weiß, dass du noch komplett unter Schock stehst, ich sehe das, doch ich muss jetzt handeln, Engel, bevor Barim sich wieder absetzen kann. Ich muss dafür sorgen, dass er nie wieder in eure

Nähe kommen kann. Auch wenn es schwerfällt, versuch dich zu beruhigen und vertrau mir. Ich kümmere mich darum.«

Er nimmt ihre Hand an seine Lippen und gibt einen Kuss darauf. Seine Wut macht ihr Angst; auch wenn sie weiß, dass es berechtigt ist, weiß sie auch, dass ihn das angreifbar macht, und sie weiß in dem Moment genau, dass dieser ganze Alptraum noch lange nicht zu Ende sein wird.

Kapitel 12

Dario rast zurück in die Stadt und zu den Hallen, in denen einige von Barims Cousins arbeiten. Sein Handy klingelt immer wieder; als er jetzt annimmt, ist Diego am Apparat und erklärt, dass sie Barim nirgendwo gefunden haben. Auch sie werden schon bei den Cousins nachgesehen haben, Dario reicht das aber nicht.

Er rast zu den Hallen und geht hinein. Das muss ein Ende haben. Mit gezogener Waffe läuft er hinein, zwei Männer wollen gerade heraus, doch er zielt mit der Waffe auf sie und deutet allen, in die Hallen zurückzugehen. Ohne zu zögern schießt er in das Dach und hat damit sofort alle Aufmerksamkeit von den Leuten, die sich hier befinden. Er weiß, dass nicht alle hier etwas mit Barim zu tun haben, doch das ist ihm jetzt egal.

Er ruft die Männer zusammen, geht in die Ecken der Halle und durchsucht alles, während sich zögerlich alle versammeln. Irgendwann stehen um die zehn Männer vor ihm, nur drei davon sind mit Barim verwandt, zumindest weiß er nur von denen.

»Ich kenne eure Antwort, ob ihr Barim gesehen habt, schon, doch ich bin hier, um euch die Chance zu geben, eure Antwort noch einmal zu überdenken. Heute hat Barim versucht, meinen kleinen Sohn zu töten und dabei meine … Frau verletzt. Das hier ist kein Spaß mehr und ich werde mich bei jedem einzelnen nochmal melden, wenn ich erfahre, dass ihr gelogen habt. Ihr schützt hier einen Mann, der versucht hat, ein vier Monate altes Baby zu töten und ich bin bereit, sehr weit zu gehen, um ihn zu finden.«

Dario sieht wütend zu all den Männern, er weiß, dass er völlig außer Kontrolle ist und man ihm das auch ansieht. Er kennt das Gefühl, was in diesem Moment seinen Nacken hochwandert, nicht. Es ist Angst. Natürlich kennt auch er das beklemmende Gefühl der Angst. Doch nicht so, nicht in diesem Ausmaß. Er hatte eine verdammte Angst in dem Moment, als er dieses Bild bekommen hat. Natürlich hat Barim seine Nummer noch und als er dann das Bild von ihm und dem weinenden Nael gesehen hat, ist etwas in ihm passiert.

Das was in diesem Moment sein Herz krampfhaft zusammengezogen hat, ist viel intensiver als alles, was er vorher kannte. Er hat sich noch niemals so hilflos gefühlt wie bei seiner Ankunft am Einkaufszentrum und als er dann dieses Bild vor sich gesehen hat. Der Kinderwagen lag völlig zerstört auf der Straße, überall waren Kleidungsstücke und Babyzubehör verteilt und niemand konnte ihm genau sagen, wie es Eleonora und Nael geht.

Erst als er sie im Krankenhaus gefunden hat, hat er sich etwas beruhigt, doch auch das nicht ganz. Das Wissen, was passiert ist und wie knapp es war, was Barim eigentlich treffen wollte und wie all das hätte ausgehen können, lässt seinen Puls noch immer rasen.

Ihm dreht sich der Magen um mit dem Wissen, dass es nicht so ist, dass dieser Versuch gescheitert wäre oder etwas verhindert werden konnte, Nael lebt nur wegen eines Zufalls noch, nur weil er in diesem Moment nicht im Kinderwagen war, konnte er seinen kleinen Sohn in die Arme nehmen.

Vielleicht sollte er nicht so denken, doch er kann nicht anders. Was wäre, wenn Eleonora gewartet und Nael in den Kinderwagen gelegt hätte? Dann wäre all das anders ausgegangen und das raubt Dario den Verstand. Nachdem er gerade erst seine Schwester wiedergefunden hat, ist er nicht in der Lage, dafür zu sorgen, dass sein Sohn in Ruhe leben kann? Er weiß doch, dass Barim ihm mit Nael gedroht hat. Dass er versucht ihm zu schaden, und wie ernst er das meint, hat er heute bewiesen.

Macht zu haben ist ein Segen und ein Fluch zugleich. Dessen ist sich Dario mehr als bewusst. Er versucht immer einen ruhigen Kopf zu bewahren und gerecht zu sein und er denkt, dass ihm das bisher auch immer gut gelungen ist, doch das hier ist etwas anderes, jetzt steht er nicht als Anführer der Da Silvas vor den Männern hier, jetzt ist er hier als Vater, der fast seinen Sohn verloren hat und den Mann, der dafür verantwortlich ist, finden will.

Ein Cousin von Barim will etwas sagen, doch Dario sieht zu den anderen Männern. »Ich frage euch: War Barim heute hier? Egal was euch diese Familie droht, egal was sie euch versprechen … ihr solltet an euch denken. Ich werde niemanden verschonen, der mich angelogen hat.« An die Cousins gewandt richtet er die Waffen auf den Ausgang.

»Verschwindet, ich rede mit den Männern hier alleine.« Jeder kennt Dario, sie wissen, dass er meint, was er sagt, doch momentan ist er so geladen, dass die Cousins schnell die Halle verlassen, schneller als sie es sonst vielleicht tun würden und die Männer, die noch da sind, sehen ihn unsicher an. »Ich muss wissen, ob Barim hier war. Es geht um die Sicherheit meines Sohnes und dafür bin ich bereit alles zu tun.«

Einer der Männer räuspert sich. »Wissen Sie, ich verstehe das und wir haben auch gar kein Problem mit den Da Silvas, doch wenn wir jetzt die Wahrheit sagen … überleben wir das Ganze nachher nicht. Ich hoffe, Sie verstehen das auch. Wir arbeiten hier nur. Diese Familie macht es uns allen schwer. Wir müssen ihnen Miete zahlen, dabei gehören ihnen nicht einmal die Hallen und wir werden ständig unter Druck gesetzt.«

Dario nickt, er sieht die Angst in den Augen der Männer. »Ihr habt recht.« Er zieht sein Handy heraus und ruft Nicky an. »Nicky, komm mit vier Männern zu den Lagerhallen am Hafen, wo Barims Familie arbeitet.«

Er steckt das Handy wieder weg. »Meine Männer kommen und werden die Cousins und alle anderen aus Barims Familie heute noch aus Puerto Rico schmeißen. Sie werden keinen Fuß mehr in das Land setzen dürfen. Das hätten wir schon längst tun sollen.« Nun tritt der älteste der Männer vor und deutet Dario mitzukommen. »Das mit Ihrem Sohn tut mir leid. Barim war immer wieder da in den letzten Wochen, aber immer nur wenige Tage. Vor ein paar Stunden kam er her und hat sich den Pass seines Cousins Arne geholt. Er wollte zum Flughafen, mehr wissen wir nicht. Er hat sich aber hier versteckt, wenn er da war.«

Sie führen ihn in eine Ecke, dort ist eine Tür, eine Art Hinterausgang, über den man nach draußen kommt. Statt aber nach draußen zu gehen, holen sie eine Leiter, die an einer Wand steht und deuten Dario, nach oben zu gehen.

In diesem kleinen Zwischenraum ist eine versteckte Ebene eingelassen. Sehr klein, aber so versteckt, dass sie das bei ihren normalen Kontrollen übersehen haben. Wenn man davon nichts weiß, entdeckt man sie von unten nicht. Sicherlich wurde hier früher verbotene Ware gelagert, wenn es Kontrollen gab.

Dario geht nach oben. Es ist sehr eng, man kann hier nur schlafen und dann auch nur eine Person. Es ist so beengt, dass man nicht einmal richtig sitzen kann, es stinkt, doch Dario ignoriert das alles. Er schmeißt Bettzeug und Kissen nach unten und findet einige Waffen und Unterlagen. Um dem Geruch da oben zu entkommen, nimmt er die Unterlagen mit nach unten, nachdem er sichergestellt hat, dass sich nichts mehr weiter oben befindet.

Es sind Bilder von Eleonora und Nael dabei, aufgenommen mit einer Handykamera. Er muss sie schon eine Weile beobachtet haben, auf einigen Bildern ist das Gesicht von Eleonora rot umkreist und ihr Name dazugeschrieben. Dann ein Grundriss ihres Gebietes und Aufnahmen, die eine blonde Frau in Unterwäsche auf einem Bett zeigen. Die Frau scheint zu schlafen. Das sind sicherlich die Aufnahmen, die damals zum Streit mit Nicky geführt haben. Er erkennt die hübsche blonde Frau wieder, die Nicky mit zur Hochzeit seiner Cousine gebracht hat.

Er nimmt alles an sich und klettert wieder nach unten, in dem Moment geht die Tür zur Halle auf und Nicky kommt herein. »Wir sind da, was sollen wir mit den Männern machen?« Dario nimmt alles an sich, bis auf die Bilder der blonden Frau. »Sorgt dafür, dass die Familie von Barim Puerto Rico verlässt, heute noch. Ich muss zum Flughafen. Hier, die habe ich gefunden.« Er überreicht Nicky die Bilder. Er weiß, dass diese Frau ihm viel bedeutet hat und Barim das zerstört hat. Nicky sieht sich die Bilder nicht an, sondern ihm weiter in die Augen.

»Okay, machen wir. Wohin fährst du? Wo steckt Barim?« Dario geht zurück zu seinem Auto. »Ich schätze am Flughafen, er versucht mit falschem Pass zu flüchten. Meldet euch, wenn ihr fertig seid.«

Ohne auf ein weiteres Wort zu warten, rast Dario sofort los. Er braucht zwanzig Minuten bis zum Flughafen und geht dort sofort in den Sicherheitsbereich.

Niemand hier hält ihn auf. Er sagt den Mitarbeitern, sie sollen überprüfen, ob jemand mit dem Namen des Cousins einen Flug gebucht hat, gleichzeitig lässt er sich die Sicherheitsaufnahmen der letzten Stunden zeigen von den Leuten, die eingecheckt haben.

Ihm wird ein Stuhl gebracht und alle um ihn herum beginnen, hektisch zu arbeiten. Sie spüren, dass hier gerade etwas Wichtiges passiert. Während er sich durch die Aufnahmen klickt, überprüfen die Mitarbeiter alles. Immer wieder flucht Dario auf, es dauert alles zu lange, doch dann entdeckt Dario Barim trotz Cap, was er sich tief ins Gesicht zieht. Er hat lange genug mit ihm zusammengearbeitet, um ihn auch so zu erkennen.

In einer Ecke des Monitors ist die Uhrzeit eingeblendet. Er ist vor drei Stunden hier gewesen und hatte es sehr eilig. Dario ärgert sich, weil er wichtige Zeit verloren hat, da er nach dem Krankenhaus Eleonora selbst zum Meer gefahren hat. Natürlich wollte er am liebsten ganz bei Eleonora bleiben, der diese Stunden tief in den Knochen sitzen und die völlig unter Schock steht, doch einen größeren Gefallen tut er allen, wenn er Barim aufhält.

Er weist die Mitarbeiter an, Barim über den Monitor zu verfolgen und sie sehen, wie er schnell zu einem Gate geht und eincheckt, offenbar haben die Mitarbeiter bereits gewartet und das Ticket muss schon früher gekauft worden sein.

Die Arbeiter überprüfen weiter alles, bis eine Frau ihn entschuldigend ansieht. »Er ist vor zehn Minuten in Kolumbien gelandet.«

Verdammt!

Dario haut wütend auf den Tisch und die Mitarbeiter des Flughafens fahren erschrocken zusammen. Kolumbien. Er hat gehört, dass dort die Familie von Barim wohnen soll, doch niemand weiß wo genau. Sie haben ihn verloren, schlimmer konnte es nicht kommen.

Ohne sich noch einmal zu erklären, verlässt Dario das Flughafengebäude wieder und ruft Nicky an. Er fragt, ob die Cousins noch bei ihm sind, und Nicky berichtet, dass sie sie gerade zur Grenze bringen wollten. Dario erklärt die Situation mit Barim und gibt die Anweisung, dass sie zurückkommen sollen. Er lässt ihr Flugzeug startklar machen und gibt Bescheid, dass sie nach Kolumbien fliegen und die Cousins von Barim mitnehmen, die sie dann zu Barim führen sollen. Eine bessere Option haben sie momentan nicht. Er kann nur hoffen, dass das klappt, er hat keine andere Chance, er wird nicht zulassen, dass Nael und Eleonora weiter in Gefahr leben müssen.

Statt etwas zu essen und auf den Flug zu warten, fährt er zum Meer.

Es ist kurz vor Sonnenaufgang und Dario geht leise ins Haus, nachdem er seine Männer begrüßt hat und ihnen klare Anweisungen gibt, die Wachen um das Haus noch einmal zu verstärken, solange sie weg sind.

Er ist müde und erschöpft, als er sich leise an das Bett setzt, in dem Eleonora und Nael schlafen. Auch Davina liegt bei ihnen. Dario küsst sachte die weichen Wangen seines Sohnes und blickt auf die Frau, zu der er eine so tiefe Liebe empfindet, dass es ihm manchmal schwerfällt, dabei einen klaren Kopf zu behalten.

Einen Moment denkt er daran, Eleonora wach zu machen, um ihr zu sagen, was los ist und dass er Barim weitersuchen wird, doch er lässt es. Sie braucht die Ruhe, er wird später mit ihr sprechen. Diese paar Worte, die er ihr jetzt sagen könnte, sind für all das, was passiert ist, zu wenig und so ist es besser zu warten, bis er richtig mit ihr sprechen kann.

Dario beobachtet die beiden.

Es tut ihm weh, sie in Gefahr zu wissen, allein wegen der Tatsache, dass er der Mann ist, den Eleonora liebt und er Naels Vater ist und diesen Angriff auf sie nicht verhindern konnte. Schlimmer noch, Dario war so sehr damit beschäftigt, für die Sicherheit in seiner Familia zu sorgen, dass er es nicht hat kommen sehen, obwohl er es hätte wissen müssen.

Er möchte den beiden das allerbeste Leben bieten, alles für sie tun, doch alles, was er ihnen gerade gibt, ist Gefahr und Angst. Er hat die Angst und den Schock in Eleonoras Augen gesehen, er hat sie selbst gespürt. Er war sauer wegen alldem, war so erschrocken, dass er sie vorhin viel zu scharf kritisiert hat, weil sie Barim überhaupt in ihre Nähe hat kommen lassen.

Sie ist nicht darauf trainiert, Gefahren zu erkennen und einzuschätzen. Dario weiß, dass sie sich schnell abwendet, wenn er mit jemandem etwas über die Familia bespricht, fast so, als wolle sie mit alldem nichts zu tun haben und Dario hat das immer verstanden und respektiert. Nun weiß er, dass sie dadurch noch mehr in Gefahr geraten ist. Sie wusste von Barim, doch nicht genau, wer er ist, und im Gegensatz zu ihm dreht sich bei ihr natürlich nicht alles ständig um die Familia.

Sie hat nicht darüber nachgedacht, wer der Mann sein könnte und hat einfach nur nett zu einem seiner Männer sein wollen. Dario versteht das, doch er weiß auch nicht, wie er so etwas in Zukunft verhindern soll. Wie er Eleonora und Nael schützen kann. Mit Daria ist es ihnen nicht gelungen, und das Einzige, was ihnen dann eingefallen ist, diese Festung zu bauen. Doch Dario kennt Eleonora, sie wird sich hier nicht einsperren lassen und er möchte sie auch nicht in solch einem ängstlichen und abgesicherten Leben sehen, sie soll frei und glücklich sein, doch wie es scheint, wird das an seiner Seite nicht funktionieren.

Ihm kommen die Bilder von Raphael vor das innere Auge und auch das, was seiner Familie angetan wurde. Jemina ist in einem schrecklichen Zustand. Diego ist so oft er kann bei ihr. Sie alle waren schon da. Jemina wurde mit Zigaretten verbrannt, überall hat sie die Spuren davon an ihrem Körper. Sie wurde geschlagen und vergewaltigt. Die verletzte Frau, die momentan im Krankenhaus liegt, erinnert kaum mehr an die Frau, die sie kannten, doch sie werden ihr helfen und alles dafür tun, sie wieder dorthin zu bringen, zu dem, was sie mal war: eine stolze und freie Frau.

Doch all das zeigt Dario nur deutlich, wie schwer es ihnen allen fällt, die verwundbarsten Stellen von ihnen zu schützen. Auch Dario hat versagt, er kann nur alles dafür tun, dass Barim für die beiden keine Gefahr mehr darstellt.

Er hält noch immer die Bilder in der Hand, die von Eleonora und Nael im Versteck von Barim lagen.

Er weiß, dass diese Bilder für jemand anderes gedacht waren. Barim hat sie gemacht und deutlich gezeigt, wer Elenora ist. Das hat er nicht für sich getan. Vielleicht hat oder wollte er sie an jemanden schicken. Vielleicht ist gerade in diesem Moment jemand anderes auf Elenora und seinen Sohn angesetzt oder steckt mit Barim unter einer Decke. Auch das muss er herausfinden, er kann nur hoffen, dass sie rechtzeitig eingreifen, bevor noch jemand auf Eleonora und Nael angesetzt wird und das nicht schon längst geschehen ist.

Dario küsst Eleonora und Nael, sie bewegt sich im Schlaf und er verlässt das Haus wieder, bevor er sie wach macht.

Als er dann eine Stunde später das Flugzeug betritt, sieht er überrascht zu seinen wichtigsten Männern. Sie alle sehen ihn an, bereit, für ihn und seine Familie zu kämpfen, und in all den Zweifeln und der Wut, die er in sich trägt, keimt wieder Hoffnung in seinem Herzen auf. Sie werden es schaffen, Barim und seine kranken Pläne aufzuhalten und ja, es ist eine große Last, der Anführer der Da Silvas zu sein, doch dieser entschlossene Blick seiner Männer zeigt ihm deutlich, dass sie hinter ihm stehen, egal was sich vor ihm aufbaut und dafür ist er dankbar.

Nicky und Diego kommen auf ihn zu.

»Solltet ihr nicht lieber hierbleiben? Du, Diego bei Jemina und Nicky, wir brauchen hier jemanden, der sich um alles kümmert.«

Nicky schüttelt den Kopf. »Ich muss das mit dir zusammen beenden. Bei mir und Sophie hat das alles begonnen und ich werde dafür sorgen, dass es endlich endet.« Er sieht Dario entschlossen in die Augen und setzt sich dann zu den anderen Männern, während Diego Dario besorgt ansieht.

»Ich habe dich schon in so manchen Situationen gesehen, Dario, aber noch niemals so. Ruhe dich aus, iss etwas und versuch zu schlafen. Du brauchst die Kraft und einen klaren Verstand. Ich weiß, was dir Nael und Eleonora bedeuten, auch ich liebe die beiden, doch genau deswegen bleibe ich jetzt an deiner Seite und wir sorgen zusammen dafür, dass all das wieder in Ordnung kommt.«

Dario nickt.

Die Türen des Fliegers schließen sich und er setzt sich, dabei legt er die Bilder vor sich auf den Tisch und spürt erst jetzt, wie verkrampft er sie in seinen Händen gehalten hat. Alles an ihm ist angespannt und als er sich jetzt über die Augen wischt, spürt er, dass seine Hände noch immer zittern.

Das heute hat ihn tief getroffen, vielleicht mehr, als er oder irgendjemand anderes in diesem Moment begreifen kann.

Er hofft, dass Diego recht behält, doch etwas in ihm ist sich nicht sicher, ob das alles wirklich wieder gut wird.

Kapitel 13

Eleonora läuft mit klopfendem Herzen in das Krankenhaus.

Sie trifft auf Diego, der ihr nur zunickt und eine Tür öffnet. Als sie dann in den Raum tritt, atmet sie erleichtert aus, als ihr ein müder Dario entgegensieht. Er wurde operiert und scheint gerade erst wach geworden zu sein. Sie wurde erst ziemlich spät darüber informiert, dass etwas passiert ist, aber dann auch nicht wirklich genau, was passiert ist.

Als sie erfahren hat, dass Dario im Krankenhaus ist, wusste sie sofort, dass etwas nicht stimmt. Dass das mehr als nur eine Verstauchung sein muss. Er hasst Krankenhäuser, er geht nur hin, wenn er wirklich muss.

»Was ist passiert?« Eleonora läuft schnell zu dem Bett, in dem Dario liegt und müde seine Augen offen hält. Offenbar ist er gerade erst aus der Narkose aufgewacht. Eleonora treten Tränen in die Augen.

»Das Geschäft heute … lief nicht so gut wie erwartet. Ich habe eine Kugel abbekommen und die musste rausoperiert werden. Es wurde aber nichts Wichtiges getroffen.«

Schockiert sieht Eleonora auf Darios verbundene Schulter und setzt sich an sein Bett. Sehr wenige abgeklärte Worte, doch sie merkt, dass ihm das Sprechen Schmerzen bereitet.

»Wie kannst du das so locker nehmen? Du bist angeschossen worden?« Eleonora sieht ihm in die Augen. Sie greift nach seiner Hand auf dem Bett und verschlingt ihre Finger miteinander.

Es ist gerade mal einige Tage her, dass sie fest zusammengekommen sind. Seitdem hat sie jeden Tag mit Nael bei Dario verbracht und sie haben ein noch tieferes Verhältnis aufgebaut. Sie weiß, dass das, was Dario macht, auch gefährlich ist, doch sie hat nicht damit gerechnet, nur wenige Tage später hier am Bett zu sitzen.

»Das ist sozusagen mein Berufsrisiko. Wo ist Nael?« Sie kann nicht verhindern, dass sie sauer wird. Er scheint das wirklich überhaupt nicht ernst zu nehmen. Sie hat nie damit gerechnet, jemals neben jemandem zu sitzen, der angeschossen wurde, und dann ist es auch noch Dario.

»Der ist bei meiner Mutter, sie war gerade zu Besuch, als ich angerufen worden bin ... ich weiß gar nicht, was ich sagen soll. Ich hätte niemals geglaubt, dass ich jemals ...«

Dario drückt ihre Hand, man sieht, dass ihm diese Bewegung Schmerzen bereitet, doch trotzdem umfasst er sie und hebt mit der anderen ihr Kinn, damit sie ihm in die Augen blickt.

»Eigentlich wollte ich gar nicht, dass sie dir Bescheid geben. Ich kann mir vorstellen, dass es schwer für dich wird, dich an dieses Leben an meiner Seite zu gewöhnen und dass du so ein Leben nicht kennst, doch gleichzeitig möchte ich auch ehrlich zu dir sein und dir nichts vorspielen.«

Das soll er auch nicht.

Eleonora liebt Dario und sie wird versuchen, sich mit dieser neuen Situation zurechtzufinden. Mit der Rolle an der Seite des Anführers der Da Silvas. Sie versucht, sich das selbst immer wieder ins Gedächtnis zu rufen, doch es ist schwer. Verdammt schwer.

»Das ist auch richtig so. Du sollst mir nichts verheimlichen, nur ...« Seine Finger, die noch an ihrem Kinn verweilen, ziehen sachte ihre Lippen an seine. Sein süßer Kuss unterbricht ihre Zweifel.

Es sollte nur ein kurzer Kuss werden, doch Eleonora vertieft ihn und als sie ihn ganz spürt und die Augen schließt, weiß sie, dass alles gut wird.

»Ich liebe dich, Eleonora, und ich verspreche dir, dass ich alles tun werde, um Rücksicht darauf zu nehmen, dass du nun an meiner Seite bist und dass Nael auf der Welt ist. Ich werde dir helfen, in meinem Leben zurechtzukommen. Vertrau mir.«

Das Ganze ist erst wenige Wochen her und doch kommt es Eleonora gerade wie ewig vor.

Sie sitzt im Schatten auf der riesigen Terrasse des Anwesens seiner Eltern. Hier weht eine kühle Brise vom Meer und lässt einen die Mittagshitze besser ertragen.

Sie sind seit vier Tagen hier eingesperrt. Anders kann man es nicht nennen. Sie haben das Anwesen nicht verlassen. Davina und ihre Mutter kommen hin und wieder vorbei, doch das ändert nichts an dem Gefühl, eingesperrt zu sein.

Natürlich, hier ist der absolute Luxus, ein Luxus, den sich Eleonora niemals hat erträumen lassen, doch wenn sie sich jetzt so umsieht, fragt sie sich, ob das das Leben, was man als Mitglied der Da Silvas führen muss, ausgleicht.

Ist es das wert? Ist es das wert, sich nicht frei bewegen zu können? Nicht einfach entscheiden zu können, sein Kind zu nehmen und in die Stadt einkaufen zu fahren? Freunde zu besuchen? Ins Café zu gehen? Nie zu wissen, ob hinter der nächsten Ecke ein Feind lauert? Nicht zu wissen, ob jemand Dario die Hand schüttelt, der eigentlich seinen Untergang will? Kann man dieses Gefühl, was die Männer der Da Silvas schon immer ertragen haben und was nun auch sie kennenlernt, mit all diesem Luxus ausgleichen? Eleonora weiß es nicht, sie bezweifelt es.

Sie kennt die schönen Seiten dieses Lebens und sie mag die Männer der Da Silvas, auch die Männer, die hier auf Nael und sie aufpassen, sind sehr aufmerksam. Sie kommen immer wieder ins Haus, fragen nach ihren Wünschen, besorgen ihnen Essen, tun alles, damit sie sich wohlfühlen, doch wenn man darüber hinwegsieht, tiefer blickt, stehen sie nur hier, um ihre Leben zu schützen und dafür zu sorgen, dass sie das Haus nicht verlassen. Im Grunde sind sie dazu angehalten, im Notfall ihr Leben zu geben, um das Leben von Nael und Eleonora zu schützen. Wie soll sie damit umgehen? Wie kann sie sich über diese Männer stellen? Wieso ist ihr Leben mehr wert? Weil Dario sie liebt?

Die letzten Tage haben sich all ihre Gedanken nur darum gedreht, sie dreht und wendet alles und weiß, dass sie das zu lange ignoriert und von sich geschoben hat, solange, bis sie fast ihren Sohn verloren hat und es nun nicht mehr kann.

Sie atmet tief aus und umfasst Naels nackte Beinchen, die entspannt auf ihrem Bauch liegen. Er ist eingeschlafen, nachdem sie mit ihm im Pool war. Statt ihn ins Bettchen zu bringen, ist sie einfach mit ihm liegengeblieben. Er trägt nur eine Windel und sie hat sich ein leichtes Sommerkleid über den Bikini gezogen.

Noch ist Nael klein, es stört ihn nicht. Er versteht nichts von diesem Leben, das sie gerade führen. Alles, was für ihn wichtig ist, ist, dass Mama und Papa da sind und ihn über alles lieben und das tun sie. Doch er wird älter und damit wird auch er seine Freiheiten fordern.

Was ist mit dem Kindergarten? Der Schule? Eleonora hat sich keine Gedanken über all das gemacht, sie war glücklich, wie alles gekommen ist, dass Nael gesund ist und sie und Dario zusammengefunden haben. Doch jetzt, nach und nach und besonders nachdem Barim versucht hat Nael zu töten und sie diese Minuten noch immer nicht verarbeitet hat, was sie wahrscheinlich nie richtig tun wird, stellt sie immer mehr in Frage.

Sie liegt nachts wach und wenn sie schläft, träumt sie davon, wie Sekunden alles ändern können. Was wäre, wenn sie Nael nicht gewickelt hätten und er im Kinderwagen gelegen hätte? Wenn sie schneller gewesen wäre und das Auto auch sie umgefahren hätte? Sie wacht immer wieder auf, weil sie von einer anderen Wendung träumt und ist schweißgebadet, dabei wird ihr klar, dass es in solchen Momenten völlig egal ist, ob du auf einem Seidentuch oder einen normalen Baumwolltuch liegst.

Vielleicht würde sie Antworten bekommen, wenn Dario da wäre, dem sie die Fragen stellen könnte, der ihr hätte Zweifel nehmen können oder zumindest versucht hätte, mit ihr eine Lösung zu finden, doch nachdem er sie hier abgesetzt hat, ist er nicht mehr zurückgekommen.

Er schreibt ihr, dass sie in Kolumbien sind und er Barim sucht, doch Eleonora weiß nichts dazu zu sagen, sie antwortet kaum.

Was soll sie dazu sagen? Findet ihn? Tötet ihn? Pass auf, dass du oder deine Männer nicht getötet werden? Ihr fehlen momentan zu alldem die Worte, sie ist müde, obwohl sie hier nichts tun kann, sie spürt, dass sich eine tiefe Müdigkeit in ihre Knochen gesetzt hat.

Mit Davina hat sie auch lange darüber gesprochen. Sie sagt, dass Eleonora bei allem auch nicht vergessen darf, dass Dario und sie erst einige Wochen zusammen sind. Auch wenn das alles sehr intensiv ist, ist es doch normal, dass man nach einer gewissen Zeit merkt, ob es funktioniert oder nicht, und nur weil man sich liebt, bedeutet das leider nicht immer, dass man auch zusammenbleiben sollte. So sind alle Beziehungen, egal ob es nun um den Anführer der Da Silvas geht oder nicht, es ist relativ normal, dass man nach einigen Wochen oder Monaten feststellt, ob das etwas Festes werden kann oder nicht.

Vielleicht sollte Eleonora wirklich darüber nachdenken, ob es für Nael und sie besser wäre, aus Darios Leben zu treten. Nicht ganz, das wird niemals so sein. Er ist der beste Vater, den Nael sich wünschen kann, doch es ist ein Unterschied, ob Nael ihn hin und wieder für ein paar Stunden sieht oder bei ihm lebt und offiziell als Sohn von Dario gesehen wird.

So können sie abtauchen, nach einem halben Jahr denkt niemand mehr an sie und Nael kann ein normales Leben führen, in den Kindergarten und in die Schule gehen und wenn er alt genug ist, frei entscheiden, ob er etwas mit den Da Silvas zu tun haben möchte oder einen anderen Weg gehen wird.

Eleonora schließt die Augen.

Es ist so krank. Wenn sie in diese Richtung denkt, weiß sie, dass das wahrscheinlich das Beste wäre. Doch allein der Gedanke, ohne Dario zu sein, lässt sie all das weit von sich schieben. Denn genauso stark wie die Zweifel mittlerweile sind, ist auch die Liebe, die sie für Dario empfindet und das Wissen, wie schön es ist, wenn sie drei als Familie zusammen sind. Sie weiß einfach nicht, wie es weitergehen soll, hier in diesem Leben kann man nichts planen.

»Überraschung!« Eleonora öffnet die Augen wieder; passend zu ihrem Gedankengang steht plötzlich Milanda in der Glastür und hinter ihr Daria. Sie muss zweimal hinsehen, als sie auf die junge Frau hinter Darios Mutter blickt, die sie etwas unsicher anlächelt. Ist Darios Schwester wirklich freiwillig hier?

»Hallo, was tut ihr denn hier?« Milanda bückt sich zu Eleonora und drückt ihr einen Kuss auf die Wange, bevor sie Nael einen leichten Kuss gibt. »Wir waren auf dem Markt und haben frischen Fisch besorgt, und ich habe Daria vorgeschlagen, herzukommen und euch zu besuchen. Ihr beide kennt euch noch gar nicht richtig, oder?«

Eleonora schüttelt den Kopf. Sie haben sich an dem Tag gesehen, als Daria zu ihnen gebracht wurde und danach immer mal wieder sehr kurz, doch sie haben nie richtig miteinander gesprochen. Daria sieht sich um und Eleonora deutet ihr, sich doch neben sie auf die Liege zu setzen. »Entschuldige, dass ich nicht aufstehe und mich richtig vorstelle, ich möchte den Kleinen nur nicht wach machen. Ich bin Eleonora. Wie geht es dir? Es ist schön, euch beide zusammen zu sehen und dass ihr uns hier besucht. Ich habe das Gefühl durchzudrehen, so ruhig ist es hier.«

Milanda strahlt übers ganze Gesicht und deutet in die Küche. »Das ist nur für deine Sicherheit, aber ich habe mir schon gedacht, dass du Gesellschaft gebrauchen kannst. Ich gehe nur mal schnell den Fisch zubereiten und in den Ofen schieben, bin gleich wieder da.«

Die Schwester von Dario ist eine bildhübsche Frau, man sieht ihr an, dass sie noch nicht genau weiß, wohin sie gehört, was sie tun soll oder wie sie sich verhalten soll, doch genau das kann Eleonora gerade sehr gut verstehen und schenkt ihr ein echtes Lächeln, was Daria dann auch erwidert.

Sie setzt sich wirklich auf die Liege neben sie, erst zögerlich, doch dann nickt sie. »Ja, ich habe gehört, dass ich nicht die Einzige bin, die hier gefangen gehalten wird und dachte, ich sehe mir meine Leidensgenossin mal an.« Das freche Lachen in Darias Augen verrät, dass ihre Worte nicht so ernst gemeint waren und Eleonora mag ihren Humor sofort.

»Du kommst genau richtig. Ich plane schon den ganzen Tag meine Flucht, doch ich denke, wir sollten auf jeden Fall noch den leckeren Fisch mitnehmen, deine Mutter ist eine der besten Köchinnen, die ich kenne.«

Daria lacht leise auf und lehnt sich zurück, wendet aber den Blick zu Eleonora. »Ja, das hat mich echt gewundert. Sie haben hier so viel Geld und doch kocht sie jeden Tag selbst.« Eleonora nickt. Auch sie hat das am Anfang gewundert, doch durch das Misstrauen, das bei Milanda über die Jahre immer mehr angewachsen ist, hat sie nur ungern viele fremde Menschen um sich herum und kümmert sich um vieles selbst. »Es wird sicher einiges geben, was du noch bemerken wirst, was du nicht gedacht hättest. Wenn man dieses Leben hier nicht kennt, so wie ich das auch nie kannte, muss man immer mal wieder genauer hinsehen. Geht es dir inzwischen besser mit der ganzen Situation, falls das überhaupt geht?«

Sie ist verwundert, wie offen Daria zu ihr ist. Sie selbst hat ihre ablehnende Haltung ihren Eltern oder den Brüdern gegenüber immer wieder gesehen, vielleicht liegt es daran, dass Eleonora in all das nicht so eingebunden ist, dass sie sich bei ihr so anders verhält, woran es auch immer liegt, sie möchte das nicht kaputt machen und versucht, so locker wie möglich zu bleiben.

Daria zuckt die Schultern. »Ich habe momentan keine andere Wahl. Sie haben sich viel Mühe gemacht, mir zu zeigen, dass es doch nicht so war, wie ich es mein Leben lang immer dachte, also dieser eine Tag, doch ich weiß trotzdem nicht, ob das jetzt noch etwas ändert. Ja, die Beweise sprechen für sich und tief in mir ist diese Stimme, die mir immer wieder Bilder zeigt, wie ich mit Dario und Diego spiele und meine Mutter mir ein Buch vorliest, all das ist noch irgendwo tief in mir, sodass ich all das auch langsam glauben kann … doch trotzdem … ich meine, es ist so viel Zeit vergangen. Ich versuche gerade, alles auf mich zukommen zu lassen und abzuwarten. Doch ich bin bereit, ihnen die Chance zu geben und Zeit mit ihnen zu verbringen. Mehr kann ich nicht versprechen. Ich weiß nicht, ob das etwas ändert, doch ich kann ihnen zumindest die Chance geben, auf mich zukommen zu können. Deswegen habe ich heute auch das erste Mal zugestimmt, Milanda … meine Mutter zu begleiten.«

Eleonora sieht ihr in die Augen. »Das ist richtig so, du solltest euch allen die Chance geben und es ist auch schön, dass du mehr redest. Ihr müsst euch quasi ganz neu kennenlernen. Das ist keine normale Situation und deswegen kann man da auch gar nicht viel falsch machen, da niemand genau sagen kann, was am besten wäre, außer, dass man auf sein Herz hören sollte.«

Daria atmet tief ein. »Ich rede noch nicht viel mit ihnen. Es fällt mir schwer. Ich denke nicht, dass sie verstehen, wie es mir geht, nicht wirklich, und ich weiß auch nicht, was es ändern soll. Sie alle, meine Brüder, meine Eltern, legen meine Worte auf die Goldwaage, warten jede Reaktion ab. Ich kann gar nicht … normal sein und muss genau überlegen, was ich sage. Mit Milan oder mit dir fällt mir das viel leichter. Da kann ich einfach ich selbst sein und stehe nicht so unter Druck. Ihr steht nicht so nah zu alldem wie meine Brüder und meine Eltern.«

Eleonora lächelt. »Du kannst gerne einige Tage hier bleiben. Ich muss warten, bis Dario wieder hier ist und ich bin die Allerletzte, die dir Druck macht und bin für jede Ablenkung dankbar. Du bist immer willkommen, ob hier oder wenn wir zurück sind.«

Daria sieht zu Nael, der noch immer friedlich auf ihrem Bauch schläft.

»Ihr beide bedeutet Dario sehr viel. Jedes Mal, wenn er von euch spricht oder mit dir telefoniert, wenn er um mich herum ist, ändert sich etwas in seinen Augen.« Eleonora lächelt nur, sie kann zurzeit nicht viel dazu sagen, dann deutet Daria zu Nael. »Also ist der kleine Mann eigentlich … mein Neffe, sozusagen. Darf ich ihn mal halten?«

Offenbar fällt es Daria wirklich leichter, unverkrampft mit Eleonora umzugehen und das freut sie. »Natürlich, warte.« Sie bettet Nael ganz vorsichtig von ihrem Bauch zu Daria um, die ihren kleinen Neffen sofort liebevoll umfasst und ansieht. »Er ist unglaublich niedlich und hat viel Ähnlichkeit mit seinem Vater.«

Eleonora betrachtet die beiden eine Weile. Keiner von ihnen weiß wirklich, was in Daria vor sich geht. Wie sie ist oder was sie fühlt, doch Eleonora hat das Gefühl, dass sie auf einem guten Weg sind, Daria kennenzulernen und all das, was sie noch nicht wissen, von ihr zu erfahren.

Sie steht auf und fragt, ob sie ein Bild machen darf. Es sieht zu unwirklich und schön zugleich aus, wie Daria liebevoll Nael hält. Sie schickt das Bild Dario und sieht in dem Moment in die Küche, wo Milanda steht und sich Tränen wegwischt, während sie beobachtet, wie Daria immer mehr zurück in den Kreis der Familie kehrt.

Kapitel 14

»Vielen Dank für eure Hilfe. Wir wissen das sehr zu schätzen.«

Dario setzt sich Hermes gegenüber und trinkt die Limonade, die ihnen gerade eingegossen wurde. Alle verlassen die Terrasse und lassen sie beide allein zurück. Dario ist erschöpft, erschöpft wie schon lange nicht mehr, doch gerade darf er sich das noch nicht zu sehr anmerken lassen, auch wenn er gemerkt hat, dass ihm gegenüber kein Feind sitzt, im Gegenteil.

Sie sind vor fünf Tagen nach Kolumbien gekommen, aber auch im Beisein der Cousins von Barim haben sie ihn nicht gefunden, er ist jedes Mal entwischt. Sie kennen das Land nicht, und als dann nach drei Tagen die größte Familia Kolumbiens, die Hondas, auf sie zugekommen sind, haben sie dankbar deren Hilfe angenommen.

Die Familia von Hermes hat Barim innerhalb eines Tages gefunden und sie haben all dem ein Ende gesetzt. Von Barim droht keine Gefahr mehr, richtig erleichtert fühlt sich Dario trotzdem nicht.

»Das ist kein Problem. Ich weiß, dass unsere Familias nie viel miteinander zu tun hatten, doch ich habe euch immer sehr geschätzt. Ich habe gehört, dass gerade einiges passiert bei den Da Silvas, und wenn ich helfen kann, tue ich es gerne.«

Dario sieht Hermes in die Augen. Sie sind beide ungefähr gleich alt, sie beide haben die Führung der Familias übernommen und mit Kolumbien sind die Hondas die drittgrößte Macht nach Puerto Rico und Mexiko. Er hatte nie viel mit ihm zu tun, doch bisher hat er auch immer nur Gutes von der Familia gehört.

»Zurzeit passiert einiges, das ist sicherlich der Preis, den man für Macht zahlen muss.« Dario lehnt sich zurück und Hermes zündet sich eine Zigarette an. Er bietet auch Dario eine an, der dankend annimmt.

»Das kann sein. Es ist nicht einfach, die, die man liebt, zu schützen. Deswegen hat mein Großvater immer gesagt: Männer, die als Anführer geboren werden, dürfen keine Familie haben, die man ihnen nehmen kann. Sie müssen unbestechlich bleiben. Unantastbar.«

Dario lacht auf, auch er hat so etwas schon öfter gehört, die Älteren erzählen gerne solche Weisheiten. »Das kann schon sein, doch manchmal kommt es anders als geplant. Glaube mir, das Letzte was ich geplant habe war es, eine Frau zu finden, die ich liebe und einen Sohn zu bekommen. Manchmal ändern sich Dinge einfach und das ist auch gut so. Außerdem, wie willst du sonst deine Nachfolge sichern? Gerade Anführer sollen doch Söhne bekommen, sagt man zumindest.«

Hermes sieht ihn ein wenig abschätzig an. Dario mag ihn und offenbar geht es seinem Gegenüber auch so, denn er beugt sich etwas weiter zu ihm vor. »Ich habe vier Kinder. Sie leben nicht bei mir. Das wäre viel zu gefährlich. Ich habe mit zwei Frauen Kinder, die woanders mit ihnen leben, und erst, wenn sie älter sind und sich selbst verteidigen können, nicht mehr so angreifbar sind, werden sie bei mir leben. Ich sehe sie ungefähr alle zwei Wochen. Das ist der Preis für ihre Sicherheit. Doch lieber so herum, als dass ich mir immer Gedanken um sie machen muss. Kaum einer weiß davon, wir hier halten so etwas sehr geheim. Ich vertraue dir das an, weil ich es schon sehr verwunderlich fand, dass es so öffentlich war, dass du nun einen Sohn hast und auch das mit deiner Schwester ...«

Er nimmt auch einen Schluck Limonade und deutet auf Dario. »Genau wegen dieser Geschichte haben wir damals beschlossen, das mit den Kindern geheim zu halten. Unsere Kinder werden immer unsere größte Schwäche sein, du musst sehr gut auf deinen Sohn aufpassen.« Dario nickt und drückt die Zigarette aus. »Ich weiß, ich muss mir da noch einige Gedanken machen. So wird das wahrscheinlich wirklich nicht weitergehen.«

Hermes deutet auf die Tür, vor der einige ihrer Männer warten.

»Ich bin zufrieden mit dem, was ich habe. Wir haben hier unsere Ruhe und ich habe kaum Probleme mit anderen. Doch ich habe die Da Silvas schon immer gemocht, ihr verfolgt eure Ziele und seid trotzdem immer gerecht und loyal. Wenn man euch nichts tut, tut ihr einem auch nichts. Das Einzige, was mir auffällt ist, dass ihr euch auf die falschen Familias verlasst. Wenn du einen Tipp möchtest, pass mit Mexiko auf. Diese Familia tickt ganz anders. Sie sind eher von dem gleichen Kaliber wie die, die eure Schwester entführt haben. Passt auf.«

Dario nickt. Er hat sich vorgenommen, niemandem mehr so einfach zu trauen, doch als er Hermes nun in die Augen sieht, sagt ihm sein Bauchgefühl, dass er ihm trauen kann.

»Es ist schade, dass unsere Familias bisher so wenig zusammengearbeitet haben. Ich lade euch nach Puerto Rico ein, genießt unser Land und seid bei uns willkommen. Die Da Silvas vergessen Hilfe nie, vor allem, wenn sie ohne Forderung kommt.« Sie verabschieden sich und Dario weiß, dass er in nächster Zeit mehr mit Hermes zu tun haben wird.

Auf dem Weg zum Flughafen bekommt Dario eine Nachricht von Eleonora. Sie haben kaum miteinander gesprochen in den letzten Tagen und es tut ihm leid, so vieles tut ihm leid; er weiß, dass sie niemals verstehen wird, was für ein Druck auf ihm lastet und wieso er handelt, wie er oft handeln muss. Das kann niemand verstehen, der nicht in seiner Haut steckt.

'Ich halte das nicht mehr aus. Ich möchte deine Männer in keine blöde Situation bringen, doch ich werde dieses Haus wieder verlassen. Auch wenn es sicher ist, drehe ich noch durch.'

Dario nimmt das Handy und ruft seine Männer an. Er sagt ihnen, sie sollen Eleonora helfen und sie dorthin fahren, wohin sie möchte, dann steckt er das Handy weg und sieht aus dem Fenster.

»Ich mache mir Sorgen!«

Er ist zu müde, zu seinem Bruder zu gucken, der ihr Auto durch die Straßen Kolumbiens fährt. Nicky sitzt hinter ihnen und ist eingeschlafen. Für sie alle waren das harte Tage. Nicky hat ihnen gesagt, dass er einige Tage weg sein wird. Er muss sich um etwas kümmern und Dario ist sich sicher, dass das mit der Frau zu tun hat, die seit einigen Monaten Nickys Gedanken beherrscht.

»Wegen was machst du dir Sorgen? Wegen Jemina? Ich dachte, es geht ihr langsam besser und du willst sie zu dir holen, wenn wir zurück sind.« Er spürt Diegos Blick auf sich, sieht aber weiter aus dem Fenster.

»Um sie auch. Ich meine, sie ist kaum ansprechbar. Ich habe mich noch nicht einmal getraut, danach zu fragen, ob sie weiß, was mit ihrer Familie ist. Ich weiß nicht, ob sie wirklich möchte, dass ich sie zu mir nehme, vielleicht sollte sie zu unseren Eltern ... sonst gibt es niemanden mehr für sie. Aber das ist es nicht, was mir am meisten Sorgen macht. Ich kenne dich so nicht.«

Nun sieht Dario doch zu seinem jüngeren Bruder und das erste Mal seit langer Zeit sieht er ihn richtig an. Auch er hat tiefe Augenränder von all den Geschehnissen der letzten Wochen und da erkennt er die ehrliche Sorge in seinen Augen.

»Es ist nicht das erste Mal, dass uns die Scheiße um die Ohren fliegt. Vielleicht ist das die härteste Zeit, weil es um die Menschen geht, die wir lieben: Nael, Eleonora, Daria und all die anderen. Doch wir hatten schon andere Prüfungen und immer hast du all das mit Leichtigkeit geschafft. Die ist dir verloren gegangen. Ich habe dich die letzten Wochen nicht mehr aufatmen sehen, kaum entspannen. Du trainierst wie verrückt, du achtest auf alles und jeden und kommst nie zur Ruhe.«

Er wird lauter, all das scheint ihm schon eine Weile auf der Seele zu brennen.

»Ich sehe dich kaum lachen, glücklich hast du nur gewirkt, wenn du mit Nael zusammen bist, doch auch da ist immer mehr Sorge mit drin. Du schaffst es nicht, all das von dir zu streifen wie früher. Früher sind wir nach einem Auftrag ins Flugzeug gestiegen und haben alles hinter uns gelassen, jetzt lastet so viel auf dir, dass ich kaum mehr den alten Dario erkenne. Wir haben jetzt Barim hinter uns gelassen und auch El Salvador. Daria ist da und Nael und Eleonora geht es gut. Wir werden unsere Männer neu aufstellen und alles in nächster Zeit etwas entspannter angehen, doch es ist wichtig, dass auch du zur Ruhe kommst.«

Dario lacht bitter auf.

»Das mit Mexiko ist noch nicht gegessen und Nael wird immer mein wunder Punkt sein. Ich werde ihnen nicht das Leben bieten können, das sie möchten, und sie richtig schützen können. Ich denke nicht, dass das geht und ja, es ist sicherlich so, dass ich unentspannter bin, weil ich jetzt so viel zu verlieren habe. Wenn wir in einen Kampf gegangen sind, haben wir uns reingestürzt und nicht an heute oder morgen gedacht, doch jetzt habe ich immer Eleonora und Nael im Kopf.«

Er verbessert sich, weil er selbst gemerkt hat, wie negativ sich all das anhört.

»Es ist gut so, wie es ist. Ich bin dankbar und glücklich, dass die beiden nun da sind, doch es ist eine Menge mehr Verantwortung, als dass ich sie eh schon hatte und das führt sicherlich auch dazu, dass ich nicht mehr allem so gelassen entgegensehe.«

Diego atmet tief aus, doch ein Versprechen, dass Dario sich nun völlig entspannt zurücklehnt, kann er ihnen nicht geben.

»Lass uns zurückfliegen, wie du es gesagt hast, wir machen jetzt mal einige ruhige Tage. Ich verschiebe alle Termine und werde mir etwas wegen unserer Familia und auch wegen Mexiko überlegen. Auch wegen Eleonora und Nael muss ich mir etwas einfallen las-sen. Ich habe das Gefühl, dass das Leben, was ich ihnen bieten kann, nicht gut für sie ist. Doch auch da wird sich etwas ergeben. Wenn ich eines gelernt habe, dann, dass man nicht zu weit planen darf.«

Sie fahren zum Flughafen und halten vor ihren Fliegern.

»Sieh doch, ein Tag kann alles verändern. Der Tag, an dem uns Daria genommen wurde, hat alles verändert. Auch der Tag, an dem wir sie zurückgeholt haben, hat wieder alles umgestellt. Es sind manchmal nur Tage oder Minuten und alles ist anders, von daher plane ich nicht, doch was ich weiß ist, dass was auch immer in den nächsten Wochen und Monaten kommt, wir beide das Seite an Seite durchstehen werden ...«

Er greift zu seinem Bruder und tätschelt liebevoll seinen breiten Nacken.

»Deswegen ist es nicht deine Aufgabe, dir Sorgen um mich zu machen. Es ist viel Druck, doch ich schaffe das. Ich weiß ja, wer immer hinter mir steht und mir den Rücken stärkt, da kann der Druck ruhig noch etwas größer werden.«

Diego lacht leise, doch es ist etwas Erleichterung in seinen dunklen Augen zu lesen.

»Sag das nicht zu laut. Lass uns nach Hause fliegen und dafür sorgen, dass wir mal etwas zur Ruhe kommen.«

Dario nickt, auch wenn sein Bauchgefühl ihm sagt, dass sie das nicht wirklich schaffen werden.

Kapitel 15

Zufrieden trocknet sich Eleonora ab und cremt sich ein.

Sie ist zu Hause, in ihrer Wohnung. Nach fünf Tagen hat sie es im Haus am Meer nicht mehr ausgehalten, und als sie ihre Sachen gepackt hat und das Haus verlassen wollte, haben die Männer der Da Silvas gar nichts dagegen gesagt und sie sogar nach Hause gefahren. Dario hat das so angeordnet.

Sie haben noch nicht miteinander gesprochen. Sie hatten kaum Kontakt in den letzten Tagen und sie fühlt sich immer zerrissener zwischen der Liebe, die sie für Dario empfindet und dem Leben, das es bedeutet führen zu müssen. Gerade ist sie von alldem aber eher genervt als sonst irgendetwas. Sie sieht Dario kaum oder spricht mit ihm. Sie wird sich nicht alleine mit Nael verstecken und ihn nur hin und wieder sehen, so ein Leben möchte sie nicht führen. Darin ist sie sich sehr sicher.

Nachdem sie sich eine kurze schwarze Shorts und ein Tanktop angezogen hat, will sie sich auch endlich zu Nael ins Bett legen, da klopft es an ihrer Wohnungstür. Da ihre Mutter arbeitet und Davina noch gar nicht weiß, dass sie zurück ist, sieht Eleonora erst einmal durch den Türspion, bevor sie verwundert die Haustür öffnet.

»Seid ihr schon wieder zurück?«

Sie tritt von der Tür weg, damit Dario in die Wohnung kommen kann; sobald sie aber die Tür zugemacht hat, zieht er sie in seine Arme und Eleonora schließt die Augen. »Ja, wir sind gerade gelandet. Mir tut das alles leid, Engel, die ganzen letzten Tage. Ich liebe dich und du fehlst mir.« Sie öffnet die Augen wieder und tritt einen Schritt zurück, um ihm in die schönen braunen Augen sehen zu können.

»Du fehlst mir auch, dein Sohn vermisst dich ebenfalls.«

Dario blickt hinter sie und lächelt. »Nimm eine Tasche und pack nur ein paar Kleinigkeiten zusammen. Ich hole Nael und dann verschwinden wir von hier.« Er lässt sie schon wieder los, doch Eleonora versteht nicht ganz, was das bedeutet. »Wir fahren zu dir oder was meinst du?«

Dario tritt schon leise ins Schlafzimmer zu Nael. »Nein, wir nehmen uns eine Auszeit, pack einen Bikini ein.« Sie hatten darüber gesprochen, doch Eleonora hat nicht wirklich damit gerechnet, dass sie das tun. Allerdings weiß auch sie, dass sie das dringend brauchen. Auch wenn sie gerade erst eine erzwungene Auszeit genommen hat, ist das hier sicherlich noch einmal etwas anderes.

Sie holt eine Tasche, packt einiges für Nael und für sich selbst hinein und stellt dann noch Windeln, Flaschen und all das andere zusammen, was sie brauchen. Als Dario zu ihr tritt, Nael in einer weichen Decke eingekuschelt auf seinem Arm, lächelt er mild. »Nur ein paar Kleinigkeiten funktioniert wohl mit Baby nicht mehr so gut.«

Er überreicht ihr Nael und küsst sie dabei auf die Lippen, es war nur als ein kleiner Kuss gedacht, doch er hält noch einmal ein und vereint ihre Lippen ein zweites Mal zu einem intensiven und sehr zärtlichen Kuss. »Du hast mir sehr gefehlt.« Eleonora schüttelt leicht den Kopf. »Die letzten Tage habe ich wirklich zu zweifeln begonnen und jetzt bist du wieder da und ...« Darios Hände legen sich an ihre Wangen und sie sieht, wie leid es ihm tut, dass sie an ihrer Beziehung zweifeln muss.

»Wir werden über alles in Ruhe sprechen, Engel, es ist normal, dass das nicht leicht für dich ist, im Moment wächst mir sogar einiges über den Kopf, wie soll es dir da anders gehen, doch eins musst du mir versprechen: Zweifel nie an meiner Liebe zu dir, in Ordnung? Lass uns fahren, sonst verpassen wir das Schiff.«

Er greift nach den Taschen und bringt sie hinaus, während Eleonora die Tür abschließt. »Das Schiff? Wohin bringst du uns?« Er wartet auf sie. »Ins Paradies.« Diese Aussage reicht als Erstes, sie setzen sich ins Auto und Eleonora blickt aufgeregt auf die dunkle Straße, während sie Dario nach Barim fragt. Ohne Details zu nennen, lässt er sie wissen, dass der Mann keine Gefahr mehr darstellt. Die dunklen Straßen und die Erleichterung, die sich automatisch mit Darios Auftreten in ihr ausgebreitet hat, lässt sie sich immer mehr im Sitz zurücklehnen, und als sie dann die Augen wieder öffnet, stehen sie auf einer Fähre.

Dario neben ihr schläft, er hat es sich auch bequem gemacht und schläft tief und fest. Eleonora steigt leise aus dem Auto. Es ist eine Autofähre, es gibt nur wenige Menschen, die an Deck stehen. Sie sieht nur Meer vor sich und um sich herum, sowie den Himmel, der langsam immer heller wird. Eleonora lehnt sich gegen das Auto, in dem der Mann, den sie über alles liebt, und ihr gemeinsamer kleiner Sohn schlafen, und so schlecht sie sich die letzten Tage gefühlt hat, so gut fühlt es sich nun wieder an. Es ist ein Wechselbad der Gefühle.

Sie bleiben nicht lange auf der Fähre, die sie auf die Insel Culebra bringt. Sie hat schon viel von dieser traumhaften Insel gehört, doch als sie dann auf die weißen Strände, das türkisfarbene Wasser und die schöne Natur blickt, ist sie überwältigt von all diesen neuen Eindrücken. Auch Nael wird wach, sie stillt ihn und Dario bringt sie zu einem kleinen Bungalow an einem völlig abgelegenen Strand.

Hier scheint weit und breit niemand zu sein. Dario erklärt ihr, dass seine Familie öfter dieses kleine Haus mietet, wenn sie mal ein paar Tage Ruhe brauchen. Eine Frau erwartet sie auf der Holzterrasse, sie lässt sie ins Haus und zeigt ihnen alles. Das Haus ist klein, aber sehr gemütlich. Es gibt eine kleine Kochnische, eine Sitzlounge, ein großes Himmelbett und ein Bad mit Dusche. Es ist nicht viel, aber es sieht alles sehr luxuriös aus. Sie zeigt ihnen auch, dass der Kühlschrank gefüllt ist. Der Tisch auf der Terrasse ist schon mit Frühstück eingedeckt und auch sonst scheint es an nichts zu fehlen.

Eleonora geht Nael wickeln und ihre Sachen auspacken, und als sie wieder aus dem Haus kommt, ist die Frau schon weg. Es ist warm, sie lässt Nael nur die Windel an und sie setzt sich mit Dario an den Frühstückstisch. So langsam hat sie richtig Hunger. Dario gießt ihr Orangensaft ein und lehnt sich erschöpft zurück, doch er strahlt sie an. Eleonora kann noch immer nicht richtig fassen, wo sie gerade sind, Schildkröten liegen am Strand und zwischen zwei Palmen ist eine weiße Hängematte befestigt. Es ist einfach nur ein Traum.

»Willkommen im Paradies!« Dario hebt sein Glas und sie stoßen an.

Und sie sind wirklich im Paradies angekommen.

Eleonora hat nicht geahnt, dass Dario die Zeit findet, mit ihnen wegzufahren, doch wenn, dann hat sie niemals damit gerechnet, was sie in den nächsten drei Tagen erwartet und vor allem, wie gut es ihnen tut.

Sie genießen den Strand und liegen den halben Tag mit Nael auf einer Decke im Schatten der Palmen. Es ist zu süß zu sehen, wie Nael fasziniert die Schildkröten betrachtet oder wie er mit den Beinen strampelt, wenn sein Vater ihn mit ins Meer nimmt. Dario grillt jeden Tag, sie liegen in der Hängematte, schlafen viel und leben einfach nur in den Tag hinein.

Im Alltag hat man manchmal gar keine Zeit, so genau auf Nael zu achten und die Tage betrachten sie beide überglücklich die Entwicklung ihres süßen Sohnes. Eleonora kann auch deutlich erkennen, wie tief die Bindung zwischen Vater und Sohn ist: Wenn sie die beiden beobachtet, schwillt ihr Herz vor Liebe über.

Auch Eleonora und Dario kommen sich noch einmal ganz anders näher. Sie waren sich schon vertraut, doch in diesen Tagen genießen sie sich noch einmal so intensiv, wie sie es vorher nie getan haben. Sie lassen sich viel Zeit und reden viel, nur nicht über das, was sie weiter tun wollen und das ganz bewusst.

Das ist nicht die Zeit für Pläne oder Entscheidungen, das ist die Zeit des Genießens.

Dario hat sein Handy aus, es gibt ein Haustelefon und Diego hat die Nummer. Im absoluten Notfall kann er sie erreichen. Auch

Eleonora hat ihr Handy ausgeschaltet, nachdem sie ihrer Mutter und Davina geschrieben hat, dass sie mit Dario für ein paar Tage weg ist.

Diese drei Tage hatten sie alle nötig. Dario war am Anfang sehr erschöpft und angespannt, mittlerweile ist er völlig entspannt und auch ihr geht es besser. Sie haben beide Farbe bekommen und es gab keine Minute, die sie nicht genossen haben.

Als Eleonora am dritten Tag am Abend Nael gestillt hat, sicher zwischen Kissen gebettet auf dem Bett schlafen lässt und leise zu Dario auf die Veranda vor ihrem Bungalow tritt, weiß sie, dass sie nun nicht mehr um dieses Gespräch herumkommen.

Morgen geht es zurück und sie müssen darüber sprechen, wie es nun weitergeht. Als sie sich zu Dario in die Hängematte legt, die er auch auf ihrer Terrasse aufgehängt hat, umfasst er sie sofort und sie vergräbt ihre Nase an seiner Brust. Eleonora liegt halb auf ihm, er umfasst sie und streicht liebevoll ihre Haare zur Seite, während sie nach oben in sein Gesicht blickt und darin erkennt, dass auch er weiß, dass sie darüber sprechen müssen, was nun passieren soll.

Erst einmal sagt keiner etwas. Sie hören das Rauschen des Meeres und sehen in die dunkle Nacht hinaus, doch dann spricht Dario leise das an, was sie beide trotz der letzten Tage nicht vergessen haben.

»Sei ehrlich, Eleonora: Hast du die letzten Wochen daran gedacht, mich zu verlassen?« Eleonora sieht ihm in die Augen. »Zu verlassen nicht unbedingt, aber auf jeden Fall habe ich mich gefragt, ob ich dieses Leben so weiterführen kann und ob ich dieses Leben für Nael möchte, vielmehr, ob wir solch ein Leben für Nael möchten. Er ist vier Monate alt und jemand hat ihn versucht zu töten, wie soll das weitergehen? Ich kann nicht mit ihm in einem goldenen Käfig leben, auch wenn ich dafür dich an meiner Seite habe, ist das nicht gesund. Nicht für mich und nicht für Nael. Doch ich möchte auch nicht auf ein Leben mit dir verzichten. Ich liebe dich und das ändert auch nicht die Tatsache, wie schwer all das ist.«

Dario bleibt ganz ruhig, seine Finger spielen mit einer ihrer Strähnen. »In Kolumbien habe ich einen alten Bekannten getroffen. Keiner weiß, dass er Kinder hat, weil die Frauen mit den Kindern ganz woanders leben und niemand weiß, dass die Kinder von ihm sind. Er sieht sie alle paar Wochen, bis sie alt genug sind und in diesem Leben, was wir nun mal führen als Anführer, zurechtkommen können.«

Eleonora setzt sich leicht auf.

»Aber das kann doch keine Lösung sein. Dass wir uns als Familie trennen müssen, um sicher leben zu können.« Dario zuckt die Schultern. »Ich hoffe nicht, aber ich weiß es nicht. Wenn es am Ende um die Sicherheit von Nael geht, müssen wir alles tun, was nötig ist. Gerade hoffe ich einfach, dass jetzt endlich mal etwas mehr Ruhe einkehrt und wir gar nicht mehr über dieses Thema sprechen müssen. Die größten Gefahren sind gebannt und vielleicht schaffen wir es auch so, doch was wichtig ist, ist, dass wir beide immer miteinander sprechen. Das hätte ich in den letzten Wochen mehr machen müssen, doch ich dachte, wenn ich alles ganz offen mit dir bespreche, ich dich noch mehr verschrecke, doch am Ende habe ich dich so irgendwie von mir gestoßen, das wird nicht mehr passieren.«

Er küsst ihre Stirn. »Lass uns einfach hoffen, dass es ruhig bleibt und wir alle zur Ruhe kommen.«

Sie setzt sich etwas auf, um ihn ansehen zu können. »Das müssen wir, Dario. So wie es gerade ist, wird es nicht funktionieren. Mit dir an meiner Seite lebe ich ein komplett anderes Leben als bisher und es fällt mir sehr schwer, mich daran zu gewöhnen. Ich habe Nael auf Barims Arm gelassen, weil ich dachte, er ist einer deiner Männer und ich ihn nicht vor den Kopf stoßen wollte. Ich muss … mehr eingeführt werden in diese Welt und wenn etwas ist, musst du mit mir sprechen und mich nicht im Haus deiner Eltern absetzen und für mehrere Tage verschwinden.«

Eleonora muss gegen die Tränen ankämpfen, doch sie schafft es ruhig zu bleiben, auch wenn ihr das sehr nah geht.

»Das bringt mich dazu zu zweifeln. Nicht zu wissen, ob ich dieses Leben in einer Familia wirklich führen kann und will. Wenn du da bist, bei uns bist, ist immer alles in Ordnung, doch sobald du weg bist, bekomme ich diese Zweifel und das wird auf Dauer nicht gut gehen, auch wenn ich dich über alles liebe und nichts mehr möchte, als unsere Familie zusammenzuhalten.«

Sie atmet schwer aus, als sie sich all das endlich von der Seele gesprochen hat.

»Du hast recht und ich werde alles dafür tun, dass wir zusammenbleiben werden.« Er sieht ihr in die Augen und sie weiß, dass er das wirklich möchte. Das ist ja das traurige, dass sie beide sich lieben und zusammensein möchten, doch nicht wissen, ob die Umstände und ihre Leben das wirklich zulassen werden.

Eleonora legt sich wieder an seine Brust und küsst seine warme Haut. Sie hofft wirklich, dass sie es schaffen, wenn sie ehrlich zu sich selbst ist, kann sie nicht daran glauben, doch sie hofft es.

Als sie am nächsten Morgen die Heimreise antreten, blicken beide wehmütig zurück. Sie wissen, dass nun der Alltag wiederkehrt, und auch wenn sie sich beide versprochen haben, zu versuchen entspannt zu bleiben, hoffen sie beide verkrampft, dass nichts Neues passiert und sie in einen ruhigeren Alltag zurückkehren können.

Sobald sie wieder in San Juan sind, lässt Dario sie und Nael an der Fabrik aussteigen. Sie wollen Davina abholen und Eleonora hat schon die Befürchtung, er ist gleich wieder weg, doch er telefoniert mit Diego, der für den Abend eine Grillparty plant. Sie haben auch Daria überredet zu kommen und Dario hat erst morgen seine ersten Termine, also können sie auch diesem Tag entspannt entgegensehen.

Sie überrascht Davina, und Nael wird gleich zwischen ihren Arbeitskolleginnen umhergereicht. Dann kommt ihr alter Vorarbeiter und begrüßt sie, auch er nimmt Nael einen Moment auf den Arm, dann wendet er sich an die Mitarbeiter.

»Ladies, ich habe tolle Neuigkeiten. Unsere zweite Fabrik in Aquadilla eröffnet nächsten Monat. Sie haben schon die Mitarbeiter, die dort arbeiten sollen, doch natürlich brauchen sie Vorarbeiter und Frauen, die die Neuen einarbeiten. Sie bieten drei von euch an, für ein halbes Jahr nach Aquadilla zu ziehen.«

Ein leises Gemurmel ertönt durch die Runde der Frauen.

»Ihr wärt für die Einarbeitung zuständig und bekommt dort ein möbliertes Apartment. Die Fabrik in Aquadilla ist viel moderner als der Bau hier, sie arbeiten nach europäischen Standards, es gibt sogar eine Kinderbetreuung in der Fabrik, während ihr arbeitet.«

Er hebt die Hände und lächelt zufrieden in die Runde.

»Ihr verdient mehr Geld und wenn ihr euch anstrengt, dann könnt ihr es vielleicht auch schaffen, dort eine Festeinstellung als Vorarbeiter zu bekommen. Denkt drüber nach, nächste Woche nehme ich eure Anmeldungen dafür entgegen und entscheide, wer am besten geeignet ist.«

Er sieht in die Runde und zwinkert ihr zu. »Das gilt auch für dich, Eleonora, offiziell bist du nur im Mutterschutz, dort wird der Kleine betreut, während du arbeitest.«

Sie muss sofort an das Gespräch gestern Abend mit Dario denken und fühlt sich fast schon ertappt, lächelt aber nur und sagt kein Wort dazu.

Davina ist begeistert. Sie wird sich auf jeden Fall für diese Stelle bewerben, und der Gedanke, ihre beste Freundin für ein halbes Jahr weniger zu sehen, oder vielleicht sogar gar nicht, bereitet ihr sofort Bauchschmerzen. Doch natürlich kann sie es verstehen, wenn Davina diese Chance ergreift, es hört sich wirklich gut an.

Zusammen fahren sie erst zu Davina, da diese sich noch umziehen möchte vor dem Grillabend. Auch Eleonora wechselt noch einmal ihre Kleidung. Sie zieht sich ein weißes Sommerkleid von Davina an, was sie erst vor Kurzem zusammen gekauft haben. Dann flechtet sie ihre Haare zur Seite und schminkt sich, während Davinas Mutter mit Nael kuschelt.

Trotzdem schaffen sie es noch, vor Einbruch der Dunkelheit ins Da Silva-Gebiet zu kommen. Sie laufen zum Haus von Dario, was im Grunde auch schon das von Nael und ihr ist.

Es ist alles erst einige Wochen her, doch so intensiv und so schnell, dass es sich anfühlt, als wäre es immer so gewesen. Zumindest die positiven Dinge, die das Leben mit Dario so mit sich bringen, nur leider hat Eleonora ja mittlerweile festgestellt, dass die negativen Seiten viel schwerwiegender sind, als sie es sich vorstellen konnte.

Doch genau wie sie es besprochen haben, schiebt Eleonora all das weit von sich, als sie ins Haus kommen. Es brennen Lichter im Garten und viele haben sich versammelt.

Sie sieht Diego, der mir Daria und seiner Mutter am Tisch sitzt. Dario steht mit Nicky und Nuno am Grill. Milan ist da, genau wie Daniel und Dariel, der sich gerade auch zu seiner Frau setzt.

Darias Verlobten sieht sie nicht, doch man erkennt trotzdem sofort, dass sie sich nicht so wohl fühlt, wie sie es sollte. Ayla steht mit Daniel zusammen, der ihr etwas auf dem Handy zeigt. Es scheinen nur die Engsten hier versammelt zu sein und Davina und Eleonora werden sofort begrüßt.

Dario nimmt Nael an sich und Eleonora ist gerade dabei, Daria zu begrüßen, da knallt auf einmal laut die Tür und Adrian kommt in den Garten gestürmt. Es geht alles ganz schnell; sie erkennt, wie wütend er ist, auch die anderen erkennen das zum Glück sofort, denn Diego kann rechtzeitig eingreifen, als sich Adrian auf Ayla stürzen will.

»Du verdammte Hexe, was hast du getan?«

Eleonora zuckt zusammen, er ist nicht einfach nur wütend, Adrian schäumt vor Wut und man erkennt sogar Tränen in seinen

Augen. Sie versteht gar nichts und sieht schnell zu Dario, doch auch der scheint genauso überrascht wie sie.

Alle stehen auf und kommen zu Adrian, man merkt sofort, dass das hier mehr ist als ein harmloser Streit mit seiner Verlobten.

Nur Ayla bleibt ganz ruhig stehen und plötzlich lächelt sie zuckersüß zu Adrian, als würde Diego nicht gerade die größte Mühe haben, ihn zurückzuhalten.

»Was ich getan habe? Ich bin nur die Schlampe losgeworden, die sich die ganze Zeit zwischen uns gestellt hat, ich denke, das ist mein gutes Recht ...«

Nun wendet Adrian alle Kraft auf, und auch Nuno muss Diego helfen, ihn zu halten.

»Sie liegt im Sterben, du ...«

Eleonoras Herz beginnt zu rasen.

Sie weiß, dass Adrian immer wieder Kontakt zu Tanja hatte. Sie hat sie erst vor einigen Tagen getroffen und sie haben darüber gesprochen, dass Adrian sie immer wieder aufgesucht hat. Irgendwann konnte sie ihm nicht mehr widerstehen, auch sie hat Gefühle für ihn entwickelt, doch weil er sich nicht ganz von Ayla getrennt hat und es jedesmal nur Ärger und Stress gab, hat sie immer wieder den Kontakt abgebrochen.

Sie war längere Zeit bei Verwandten in Europa, wo sie als Aushilfskraft gearbeitet hat, um eine Aufenthaltsgenehmigung dort zu bekommen, was noch nicht geklappt hat, sie war dann zurück und offenbar fing das mit Adrian wieder an.

Eleonora kennt nicht die ganze Geschichte, doch als Adrian jetzt diese Worte sagt, gefriert Eleonoras Blut in ihren Adern.

Auch wenn sie nicht ständig Kontakt haben, ist Tanja ihre und Davinas Freundin.

Sie geht zu den beiden und blickt zwischen Adrian und Ayla hin und her, und da erkennt sie die unbändige Verzweiflung in Adrians Augen und ihre Stimme beginnt zu zittern.

»Was ist mit Tanja …?«

Kapitel 16

»Wieso kann niemand genau sagen, was hier los ist?« Eleonora funkelt wütend zum Auto vor ihnen. Sie haben Adrian die ganze Zeit versucht aufzuhalten, um zu erfahren was los ist, doch nachdem er es nicht geschafft hat, zu Ayla vorzudringen und sie versucht haben, aus ihm herauszubekommen, was genau passiert ist, ist er einfach gegangen.

Dario kennt Adrian. Er ist sein Cousin, sie sind zusammen groß geworden, doch so hat er ihn noch nie gesehen. Eleonora und Davina sind ihm gefolgt, auch Diego und er sind sofort hinterher. Sie mussten sich beeilen, ins Auto zu steigen und ihm zum Krankenhaus zu folgen. Adrian steht völlig neben sich.

Diego stoppt schlitternd hinter Adrian, der einfach mitten auf dem Parkplatz hält. Eleonora und Davina steigen genau wie Adrian aus dem Auto. Beide sind sehr blass und ruhig; auch wenn niemand von ihnen Genaues weiß, ahnen sie doch, dass das hier etwas Schlimmes sein muss.

Dario hat Nael auf dem Arm und sie müssen sich beeilen, hinter Adrian herzukommen. Nach mehreren Glastüren kommt er auch endlich zum Stehen, direkt vor dem Operationsraum. Er spricht mit einer Krankenschwester und aus der Tür kommen zwei Frauen, die völlig aufgelöst sind.

Eleonora nimmt eine der Frauen in den Arm, die immer mehr zu weinen beginnt und Gott anfleht, ihre Tochter zu retten. Alle halten ein und bleiben stehen. Eleonoras Mutter, die hier im Krankenhaus arbeitet, kommt auch hinzu und hat sicherlich schon gehört, was los ist. Sie nimmt Nael auf den Arm und bleibt bei Eleonora stehen.

Adrian tritt vor und auf die Frau zu, die wahrscheinlich die Mutter von Tanja ist, doch in diesem Moment hebt diese den Kopf und sieht böse zu Adrian und auch zu Dario und Diego. »Verschwinde, nur wegen dir liegt meine Tochter hier. Wieso konntest du sie nicht in Ruhe lassen, bist du jetzt zufrieden?«

Adrian tritt näher zu der Frau und hebt die Hände. »Ich wollte niemals, dass Tanja verletzt wird. Ich liebe sie und ich ...« Die Mutter schreit das ganze Krankenhaus zusammen, jeder bleibt stehen und sieht zu ihnen. »Du liebst sie? Sie liegt da drinnen und kämpft um jeden Atemzug. Ist das deine Vorstellung von Liebe? Ihr alle ... ihr Da Silvas ... mögt alle Macht der Welt haben, alle hier kriechen vor euch zu Boden, doch das ist heute vorbei, hier und jetzt. Mir ist es egal, wer ihr seid, verschwindet! Komm meiner Tochter nie wieder zu nah!«

Sie sieht Adrian noch einmal in die Augen, bevor sie sich umwendet und mit der anderen Frau wieder hineingeht. Eleonoras Mutter folgt ihr genau wie Davina, in dem Moment will auch Adrian in den Raum, doch Eleonora stoppt und wendet sich zu ihnen um. »Nein, ich weiß nicht, was passiert ist, doch du musst den Wunsch der Mutter respektieren.« Sie sieht noch einmal in Darios Augen und er erkennt in ihren die Angst um ihre Freundin.

Als sich die Tür schließt, flucht Adrian auf, er will hinterher, doch Diego hält ihn zurück. »Lass es, sag lieber endlich, was passiert ist.« Statt auf seine Cousins zu hören, tritt er gegen einen Wagen, der mit Handtüchern und anderen Sachen bepackt ist. Dario greift nach ihm und drückt Adrian mit Diegos Hilfe auf eine Bank. »Verdammt, beruhige dich jetzt. So hilfst du niemandem. Sag schon, was ist passiert?«

Adrian fährt sich verzweifelt durch die Haare. »Sie alle haben recht. Ich hätte Tanja schon viel früher gehen lassen sollen. Das ist alles meine Schuld, weil ich so egoistisch war und sie nicht aufgeben wollte. Es war die ganze Zeit ein Hin und Her. Am Anfang wollte sie nicht, sie hatte keine Lust auf all den Stress, doch dann hat sie auch für mich Gefühle entwickelt und so fing es an, ernst zu werden. Ich hatte immer wieder vor, Ayla zu verlassen, doch ich wollte auch keinen Bruch mit Mexiko, also habe ich probiert, beides am Laufen zu halten, was natürlich nicht lange gut ging.

Ich habe mich ganz von Tanja getrennt, das war, als wir in Mexiko waren. Ich wusste nicht, dass ihre Gefühle auch schon so stark waren wie meine. Ich dachte, sie kommt schnell über all das hinweg, doch das war nicht so, für keinen von uns. Wir haben uns wiedergesehen und ich habe beschlossen, Ayla zu verlassen.«

Er sieht hoch und Diego und Dario in die Augen, die ihn beide erwartungsvoll ansehen. Natürlich wussten sie, dass da einiges schiefläuft, doch sie haben darauf vertraut, dass Adrian das in den Griff bekommt.

»Ich habe gestern mit Ayla gesprochen. Ich wollte, dass wir das unter uns klären, ohne die Familias da mit reinzuziehen. Ich habe gehofft, sie akzeptiert, dass ich sie nicht liebe und dass es am Ende das Beste für uns alle ist. Sie hat so gewirkt, als wäre das in Ordnung für sie. Ich wusste nicht einmal, dass sie genau weiß, wer die andere Frau ist. Ich habe nicht gemerkt, dass sie hinter meinem Rücken schon längst alles herausbekommen hat, was Tanja betrifft, sonst hätte ich ...«

Er bricht ab und atmet tief aus. »Ich war in der Nacht bei ihr. Bei Tanja. Ich habe ihr gesagt, dass ich alles aufgelöst habe und bin am nächsten Morgen los, um mich um das Geschäft mit Pepe zu kümmern. Als ich vor zwei Stunden zurückkam und zu ihr wollte, hat mich die Nachbarin abgefangen. Sie hat mir gesagt, sie hätte irgendwann furchtbare Schreie aus Tanjas Wohnung gehört. Als sie an die Tür geklopft hat, kamen eine Frau und ein Mann heraus, sie haben sie ignoriert und sind einfach gegangen.«

Dario ahnt Schlimmes, auch Diego flucht leise auf.

»Die Nachbarin ist in die Wohnung, es war alles voller Blut. Tanja lag in einer Blutlache, sie hatte mehrere Stichwunden und keinen Puls mehr. Sie haben sie getötet und liegengelassen. Sie wussten nicht, dass die Nachbarin Krankenschwester ist, sie hat sie sofort wiederbelebt und den Krankenwagen gerufen, und nach einigen Sekunden hat sie auch wieder einen Puls bekommen, doch nur sehr schwach. Dann kam der Krankenwagen und sie wurde hergebracht. Die Nachbarin wollte gerade ins Krankenhaus fahren, um zu gucken was passiert ist, ich bin sofort mitgefahren. Auf dem Weg dahin habe ich ihr Bilder von Ayla gezeigt und sie hat sofort erkannt, dass sie die Frau war, die aus Tanjas Wohnung kam.«

Er atmet tief durch und Dario erkennt, wie verzweifelt und erschöpft sein Cousin ist. Wenn er sich vorstellen würde, dass es um Eleonora geht … allein der Gedanke lässt seinen Puls rasen.

»Im Krankenhaus hat man niemanden zu ihr gelassen, sie ist sofort operiert worden und die Ärzte haben gesagt, das dauert und es sieht nicht gut aus. Die Nachbarin hat die Mutter verständigt und ich bin zu Ayla … beim Rest wart ihr dabei. Ich werde Ayla …«

Dario setzt sich zu Adrian. »Nichts wirst du jetzt tun. Bleib hier. Warte was passiert. Ich kümmere mich um Ayla und alles andere. Wir werden …«

Die Tür öffnet sich wieder und Eleonora kommt heraus. Sie ist noch blasser als vorhin, auch ihre Mutter kommt heraus. Sie hat Nael auf dem Arm und gibt Eleonora einen Kuss auf die Wange, dann geht sie. Dario gibt Nael noch einen Kuss und die Mutter sagt ihm, dass sie Nael erst einmal mit zu sich nimmt. Eleonora will noch im Krankenhaus bleiben.

Eleonora kommt zu ihnen und sieht Adrian an. Sie ist wütend und traurig. In dem Moment, als sie zu reden beginnt, kann sie die Tränen auch nicht mehr zurückhalten. »Sie lebt … mehr oder weniger. Die Ärzte konnten alle Blutungen stoppen, doch einige Organe sind schwer beschädigt. Sie wird morgen noch einmal operiert, dafür muss sie aber stabiler werden. Sie wissen nicht, ob sie die Nacht überlebt.«

Adrian setzt an etwas zu sagen, doch Eleonora hebt die Hand.

»Ihre Mutter hat Angst, dass sie auch hier jemand findet. Ich habe mich die ganzen letzten Tage und Wochen immer wieder gefragt, wo die Grenzen sind. Wo sind die Grenzen in diesem Leben, was man führt, wenn man etwas mit den Da Silvas zu tu hat? Nael wurde fast getötet, Daria hat ihr ganzes Leben bei einer falschen Familie verbracht, aus Rache an den Da Silvas, ich weiß noch nicht einmal, wie es dieser anderen Frau Jemina geht … doch das hier ist die Grenze. Bei allen Geschäften, bei aller Liebe, bei allem anderen … da drinnen stirbt eine Frau, nur weil sie den falschen Mann liebt und man keinen richtigen Schlussstrich ziehen konnte, wegen irgendwelcher Geschäfte mit Mexiko. Das alles ist krank und ich hoffe wirklich, dass keiner jetzt mehr dieser Familie zu nahekommt und sie zur Ruhe kommen lässt.«

Eleonora hat leise gesprochen, doch jedes Wort von ihr und jede Träne hat Dario mitten ins Herz getroffen.

Auch Diego und Adrian sagen kein Wort mehr. Er weiß, dass das nicht nur wegen Tanja ist, das hier ist wegen allem, was passiert ist, seit sie zusammengefunden haben und er wünschte, er könnte sagen, er versteht nicht was sie meint, doch er tut es.

Eine Schwester kommt aus dem Raum und Eleonora dreht sich um, um wieder hineinzugehen, doch Dario steht auf und hält sie an der Hand zurück. »Hey warte, das was …« Eleonora zieht ihren Arm aus seiner Hand zurück. »Nein, es reicht, Dario! Nicht jetzt!«

Die Tür geht zu und er bleibt davor stehen.

Einen Moment ist es ruhig auf dem Flur, bis sich Dario umdreht und zu seinem Bruder blickt.

»Bleib bei Adrian. Ich kümmere mich um Ayla!«

Nachdem Dario das Krankenhaus hinter sich gelassen hat, zündet er sich eine Zigarette an und schlägt gegen das Lenkrad. Wenn er einmal kurz aufatmet, bricht wieder alles über ihm zusammen. Er hatte gehofft, Eleonora und er würden für einige Zeit zur Ruhe kommen und Zeit haben. Er weiß selbst, dass es immer wieder Situationen geben wird, die sie aus der Bahn werfen, so ist sein gesamtes Leben aufgebaut. Es gibt ruhigere Zeiten, doch es passieren immer wieder unvorhergesehene Dinge.

Ihn wirft kaum noch etwas aus der Bahn, nur wenn etwas mit seinem Sohn oder Eleonora ist, trifft es ihn so stark, dass auch jetzt wieder sein Magen rumort und er unruhig mit den Fingern auf dem Lenkrad herumtippt. Natürlich weiß er, dass die Wut von Eleonora nicht ihm galt, sie macht sich Sorgen um Tanja und um die Situation, die immer mehr außer Kontrolle gerät. Trotzdem wird auch das wieder zwischen ihnen stehen, und was auch immer falsch gelaufen ist mit Adrian und Ayla, diese junge Frau sollte nicht gerade um ihr Leben kämpfen müssen.

Er fährt zu sich nach Hause, seine Mutter, Daria und Abel und Sergio sind noch da. Er erklärt ihnen kurz, was passiert ist und fragt nach Ayla. Abel erklärt, dass sie zu Adrian ins Haus gegangen ist, um sich hinzulegen. Seine beiden Cousins begleiten ihn zu Adrian, wo wirklich schon alles abgedunkelt ist.

Ohne zu klopfen oder zu klingeln geht er ins Haus. Er schaltet das Licht an und erkennt Ayla im Satinmorgenmantel in der Küche stehen und aus einem Whiskyglas trinken. Sie stößt sich von der Theke ab, als sie ihn sieht und lacht leise auf. »Ich habe nur beendet, was ihr nicht konntet.«

Dario geht zu ihr und nimmt ihr das Glas aus der Hand. »Du hast eine Sache übersehen, du bist hier nicht in Mexiko. Hier hast weder du noch deine Familia Macht, auch wenn du das offenbar angenommen hast. Wer war der Mann, der dich begleitet hat? Jemand aus deiner Familia? Ich bin mir sicher, hier in der Umgebung hast du einige Laufburschen, aber das endet jetzt.«

Er stellt das Glas weg und greift nach ihrem Arm, um sie mit sich zu nehmen.

»Warte. Ich sage es dir, aber alleine. Lasst ihr uns kurz alleine?« Sie lächelt seine Cousins an, Dario deutet den beiden, draußen zu warten, lässt Aylas Hand jedoch nicht los.

»Sag schon, wie weit steckt deine Familia hinter alldem? War das alles geplant? Hast du ihre Erlaubnis?« Ayla lacht und statt von ihm weg tritt sie näher zu Dario. Sie ist eine hübsche Frau, niemand würde das abstreiten, doch das alleine reicht nicht, nicht um mit solchen Sachen davonzukommen und auch nicht, um diesen Kampf um Adrian zu gewinnen.

»Natürlich wissen sie das alles. Sie wissen immer alles. Sie trauen euch nicht, das haben sie noch nie, doch das kann sich ändern, Dario.«

Aylas freie Hand greift in seinen Schritt und sie schmiegt sich an ihn. Sie trägt nur einen dünnen Satinmantel und er spürt ihre Brüste an seiner Brust. »Ich hatte es schon immer auf dich abgesehen, doch du wolltest diesen Deal nie. Dann hat Adrian mich gesehen und ich habe mich mit dem zufriedengegeben, was ich bekommen habe, doch ich habe dich nie aus den Augen verloren. Ich sehe doch, wie schwer du dich mit deiner neuen Situation tust. Mit dem Baby und Eleonora. Du läufst herum, als würde dir all das zu viel werden, aber wenn du dich für mich entscheidest, ist all das kein Thema mehr. Ich kenne und liebe das Leben in einer Familia, und auch ich kann dir Söhne schenken.«

Dario will sie unterbrechen, dabei weicht ihre Hand an seinen Mund, sie legt ihm einen Finger an die Lippen und flüstert. »Stell dir vor, dein Sohn, Anführer Puerto Ricos und Mexikos, es wäre eine so große ...«

Da er noch immer ihren Arm umfasst, zieht er sie einfach mit sich. »Kein Interesse, nie gehabt und werde ich auch nicht haben.« Er greift nach ihrem Handy auf der Theke und lässt sie es freischalten, dann wählt er die Nummer von Arturo. Er ist sich sicher, dass ihr Vater gar nicht weiß, was seine beiden Kinder alles hinter seinem Rücken planen.

Er geht auch sofort ran und Dario lacht leise auf. »Ich gebe dir ein paar Stunden Zeit, morgen Mittag um zwölf holst du deine Schwester bei uns am Flughafen ab. Danach wird nie wieder einer von euch unser Land betreten, wenn du morgen um zwölf nicht da bist, lasse ich sie dir schicken.«

Er legt auf. Mit einem gezielten Wurf landet das Handy durch die offene Verandatür im Pool und Ayla setzt an, noch etwas zu sagen. Sie scheint zu merken, dass all das nun ernst wird.

Dario lässt sie gar nicht erst zu Wort kommen, es reicht. Er hat genug gehört. Er will gar nichts mehr wissen.

Er zieht Ayla mit sich vor die Haustür, wo seine Cousins warten, und bringt sie ins Nachbarhaus zu Abel. Dort bringt er sie in ein Zimmer, lässt die Rollläden herunter und nimmt die Schlüssel dafür mit. Er sieht nach, ob im Bad oder im Gästezimmer irgendetwas herumliegt, was sie benutzen kann, um etwas einzuschlagen oder jemanden zu verletzen und schließt sie dann im Zimmer ein.

Sofort schlägt Ayla gegen die Tür und fordert, freigelassen zu werden.

»Holt Männer, die Tür wird rund um die Uhr bewacht. Passt auf, dass Adrian nicht an sie herankommt. Gebt ihr Essen und Trinken, aber seid vorsichtig! Ich muss zurück ins Krankenhaus.« Seine Cousins nicken und Abel ruft ihn nochmal zurück.

»Meinst du … Adrian kriegt das wieder hin? Ich habe ihn noch nie so gesehen.« Dario nickt. »Das wird er. So wie wir alle das immer wieder müssen.«

Auf dem Weg zu seinem Auto wird er plötzlich von Daria gerufen. Sie läuft gerade mit Milan und ihrem Verlobten zu dem Gästehaus, in dem die beiden immer noch wohnen.

Dario kann sich nicht daran erinnern, dass seine Schwester ihn schon einmal zu sich gerufen hat, seit sie da sind.

Er geht zu den dreien und registriert sofort, wie unsicher Daria zu ihm sieht. Sie ist immer unsicher und man erkennt schnell, dass sie noch immer nicht weiß, wohin sie gehört und was sie tun soll, doch dieses Mal ist es noch etwas anderes.

Sie räuspert sich und Milan scheint zu verstehen und deutet zu ihrem Verlobten.

»Lass die beiden mal alleine.« Der Verlobte bleibt stehen, bis Milan ihn unsanft vor sich her schubst. »Das war keine Frage!«

Daria sagt nichts dazu, vor einigen Tagen hätte sie das noch nicht zugelassen, doch offenbar ändert sich hier gerade einiges.

Dario tritt näher zu seiner Schwester und sieht ihr in die Augen. »Was ist los, Daria?« Sie verschränkt ihre Arme vor der Brust und ihr Atem geht schneller. »Ich weiß nicht, ich sollte ...« Dario erkennt ihre Unsicherheit, doch dann sieht sie ihm entschlossen in die Augen.

»Ich wollte es nicht.« Sie deutet in der Gegend herum.

»All das ... Ich bin hergekommen, und um ehrlich zu sein, wollte ich euch nur etwas ausspionieren, mir alles ansehen, abhauen und euch dann angreifen ... zurück und stärker werden als zuvor, irgendetwas. Ich war so wütend und habe getrauert, doch bei meinem Plan habe ich immer mehr gemerkt, dass alles, was ihr erzählt, stimmt. Dass ich wirklich entführt wurde und ich habe es nach und nach zugelassen, dass ich mich auf diese Familie einlasse ...«

Dario nickt.

»Das merken wir und es ist richtig so.« Nun treten seiner Schwester Tränen in die Augen und sie erinnert ihn sofort an das kleine Mädchen, was so oft weinend vor ihm stand und den Trost ihres großen Bruders gesucht hat.

»Doch ja, wenn ich nun ein Teil ... also ich sollte ... es fällt mir so schwer, den anderen in den Rücken zu fallen, auch wenn ich langsam verstehe, dass sie die Bösen waren.« Dario tritt noch näher zu ihr.

»Über was sprechen wir hier, Daria?«

Sie sieht auf und in seine Augen. Sie sieht entschlossen aus, trotzdem erkennt man, wie schwer ihr die nächsten Worte fallen. Sie sieht sich unsicher um, ob Milan und ihr Verlobter auch weg sind, doch von beiden sieht man weit und breit nichts mehr.

»Auch wenn ich hiermit alles verrate, was ich immer dachte, was meine Familie ist, muss ich dich warnen. Vor Ayla und den Mexikanern. Ich weiß, ihr denkt, dass sie euch nichts Böses wollen, doch ich habe sie oft bei uns gesehen.«

Diese Worte fallen ihr wirklich nicht leicht.

»Sie waren immer wieder bei uns in der Stadt und haben sich mit unseren Männern ausgetauscht, auch Ayla war einige Male dabei. Das letzte Mal ist vielleicht gerade mal sechs Monate her, egal was wir geplant hatten, sie wussten über alles Bescheid. Wenn ihr weiter mit ihnen zusammenarbeiten wollt ... passt auf. Sie stehen nicht so zu euch, wie sie es vielleicht aussehen lassen.«

Daria weint bei ihren Worten und zittert leicht.

Ohne zu zögern geht Dario zu ihr und nimmt sie in seine Arme, so wie er es früher immer getan hat, und seine Schwester legt auch jetzt ihren Kopf an seine Brust und weint.

Vielleicht kommt in diesem Moment viel mehr heraus als nur das, was da gerade passiert ist. Es waren nur Worte, doch in diesem Moment hat Daria ihre alte Familie, die nie eine wirkliche Familie war, losgelassen und sich für ihre wahre Familie entschieden.

Dieser Schritt ist ihr schwergefallen, sie wird sich gefühlt haben, als hätte sie jemanden verraten, doch das hat sie nicht, sie hat sich endlich für den richtigen Weg entschieden.

Dario respektiert, dass ihr das nicht leichtfällt und hält sie fest in seinen Armen.

Er schließt die Augen und kehrt einige Jahre zurück, als sie in seinen Armen lag und geweint hat, weil Adrian ihr alle Bonbons weggegessen hat.

»Danke für die Informationen, ich werde daran denken.«

Er flüstert die Worte an ihre Haare und als sie sich dann etwas von ihm entfernt, küsst er ihre Stirn und lächelt, als sie ihm in die Augen blickt.

»Ich habe dich wahnsinnig vermisst, Prinzessin.«

Kapitel 17

»Ehre sei dem Vater und dem Sohn und dem Heiligen Geist, wie im Anfang, so auch jetzt und allezeit und in Ewigkeit. Amen«

Auch Eleonora bekreuzigt sich, während die Mutter von Tanja und ihre Nachbarin immer wieder neue Gebete aufsagen und Gott um Hilfe bitten.

Etwas anderes können sie im Moment nicht tun. Davina ist vor wenigen Minuten gegangen und auch Eleonora wird bald gehen. Sie kann ihre Augen kaum noch offenhalten, doch sie schafft es auch nicht, von Tanjas Seite zu weichen.

Sie kennen sich aus der Schule und haben hin und wieder etwas zusammen gemacht. Man kann sie als Freundin bezeichnen, in letzter Zeit hatten sie mehr Kontakt wegen der Da Silvas. Tanja hat sie damals mit auf die Party genommen und war auch danach weiter bei den Da Silvas feiern. Nachdem Eleonora mitbekommen hat, dass da etwas zwischen Adrian und Tanja war, hat sie sie darauf angesprochen und schnell gemerkt, dass es Tanja nicht viel anders geht als ihr.

Am Anfang wollte Tanja nichts von alldem wissen, sie war gerne single und liebte diese Freiheit. Doch Adrian war hartnäckig und sie hat sich nach und nach in ihn verliebt. Eleonora weiß, wie oft sie ihn von sich gestoßen hat, besonders als ihr klar wurde, dass er mit Ayla verlobt ist, doch auch danach haben sie wieder zusammengefunden.

Adrian hat nie ein Geheimnis daraus gemacht, dass er Ayla nicht liebt und es nur ums Geschäft geht, was das Ganze für Tanja noch komplizierter gemacht hat. Eleonora fühlt sich schuldig, sie hat gesehen, wie die unbeschwerte junge Frau immer unglücklicher wurde durch die Gefühle, die sich zwischen Adrian und ihr entwickelt haben. Das letzte Mal als sie miteinander gesprochen haben, wollte sie sich komplett von Adrian abwenden, wenn er nicht endgültig einen Schlussstrich zwischen sich und Ayla zieht, nun liegt sie hier und ringt um ihr Leben.

Hätte sie das irgendwie verhindern können? Eleonora weiß es nicht, sie weiß auch nicht, ob man für all das wirklich Adrian die Schuld geben kann. Er hat sich in Tanja verliebt und sie glaubt ihm auch, dass seine Gefühle für sie echt sind. Sie kennt mittlerweile den Druck, der auf den Männern lastet und versteht, dass Adrian nicht so leichtfertig die Verlobung lösen konnte und damit diesen Konflikt heraufbeschwören wollte, doch am Ende hat er es doch getan und unterschätzt, zu was das führen kann.

Gibt es hier einen Schuldigen? Eleonora kann es nicht sagen, es ist einfach wieder dieses Leben der Da Silvas, das solch ein Segen und ein Fluch zugleich ist.

»Sieh mal.«

Tanjas Mutter holt sie aus den Gedanken und reicht ihr ihr Handy. Auf dem Bild strahlen Eleonora, Davina, Tanja, Nora und noch eine Freundin um die Wette. Es war der Tag, an dem sie ihren letzten Schultag hatten. Wie es bei ihnen Tradition ist, haben sie die Hefter und Schulsachen auf die Treppen der Schule geworfen und lachend das Schulhaus verlassen. Auf dem Parkplatz wurde gegrillt, sie haben getanzt und gefeiert. Es war ein schöner Tag, und als sich Eleonora jetzt das Bild ansieht, kommt ihr all das so ewig weit weg vor, dabei ist es noch gar nicht so lange her.

»Was ist mit den Mädchen von dem Bild passiert? Wo ist euer Strahlen hin? Ich habe dich noch nie so müde und erschöpft gesehen, Eleonora, und Tanja kämpft hier um ihr Leben. Es ist schön und gut, wenn ihr uns immer erzählen wollt, dass die Da Silvas nicht so sind wie alle glauben und dass das etwas besonderes ist, doch ich sehe nichts besonderes, sondern nur Leid.«

Eleonora reibt sich die Stirn und wünschte, sie wüsste noch etwas dagegen zu sagen, doch es fällt ihr gerade einfach nichts ein, und zum Glück kommt in diesem Moment der Arzt noch einmal zu ihnen.

Er erklärt ihnen, was für Verletzungen Tanja alles hat. Sie muss morgen noch einmal operiert werden, dafür muss sich ihr Zustand aber erst bessern. Sie ist sehr schwach, sie hat viel Blut verloren und einige schlimme Verletzungen. Der Arzt stellt sich selbst vor, er arbeitet nicht in dem Krankenhaus, ist aber mit seinem Team extra angefordert worden, um sich rund um die Uhr um Tanja zu kümmern.

Als die Mutter nachfragt, wer das angeordnet hat, kennt Eleonora die Antwort schon. Natürlich tut Adrian alles dafür, dass es Tanja gut geht, niemand bezweifelt, dass er sie liebt, doch all das ändert nichts daran, dass sie gerade um ihr Leben kämpft. Der Arzt erklärt, was sie als nächstes tun, was sie für Schritte einleiten, damit Tanja stabiler wird und dass sie jetzt vor allem viel Ruhe braucht.

Während die Schwestern anfangen, noch einmal alles zu überprüfen, steht Eleonora auf und verabschiedet sich. Sie wird morgen sofort wieder herkommen, oder besser gesagt heute, wenn sie ein paar Stunden geschlafen hat.

Sobald sie den Bereich verlässt, in dem Tanja liegt, atmet sie müde aus. Es ist ruhig im Krankenhaus und zwei müde Paar Augen sehen ihr erwartungsvoll entgegen. Dario und Adrian sitzen auf Bänken vor dem Bereich, in dem Tanjas Mutter sie nicht haben will, und sehen zu ihr.

»Der neue Arzt ist da und sie kümmern sich um alles. Er scheint sehr zuversichtlich zu sein, die Frage ist nur, ob Tanja sich so gut erholt, dass sie sie noch einmal operieren können. Wir können alle nur hoffen und beten, dass sie diese Kraft aufbringt. Mehr können wir nicht tun.«

Sie wendet sich ab zum Gehen, Dario steht auf und kommt mit ihr, während Adrian sitzen bleibt.

»Du brauchst auch Schlaf, Adrian. Du kannst jetzt nichts tun!« Eleonora bleibt noch einmal stehen und sieht zu Darios Cousin, der den Kopf hebt und ihr in die Augen blickt. Eleonora sieht die

Tränen in seinen Augen und die Angst um Tanja, die auch sie in ihrem Herzen spürt.

»Nein, ich werde nicht gehen. Ich kann jetzt nichts tun, doch ich hätte das verhindern können.« Dario deutet Eleonora zu kommen. »Ich fahre dich nach Hause und komme zurück zu ihm und hole ihn ab oder bleibe bei ihm.« Eleonora nickt und sie gehen zusammen zu Darios Auto. »Was habt ihr mit Ayla getan?« Will sie die Antwort hören? Eher nicht, doch es fühlt sich falsch an, nicht danach zu fragen.

»Wir halten sie fest und übergeben sie morgen an ihre Familia. Sie darf keinen Fuß mehr nach Puerto Rico setzen.« Eleonora sieht aus dem Fenster; zu fragen, ob es nicht sinnvoller wäre die Polizei einzuschalten, wäre völlig sinnlos. Sie hat mittlerweile verstanden, dass Dario die Regeln in Puerto Rico macht. Auch wenn man das normalerweise nicht so mitbekommt, ist er der mächtigste Mann Puerto Ricos und weit darüber hinaus.

Einen Moment sagt niemand etwas, bis Dario sich räuspert. »Ich hoffe, du weißt, dass Adrian das niemals wollte und dass ...« Sie wendet sich müde zu ihm um und nickt. »Ich weiß. Das ist mir klar, dass er das nicht wollte, doch das ändert nichts ... oder? Ich meine, es wird immer so sein, wir überstehen das eine und freuen uns auf einen schönen Abend und bum, platzt irgendwo die nächste Bombe. Das ist ... so anstrengend und ermüdend. Man hat kaum Zeit sich zu erholen ...«

Dario sieht von der Straße zu ihr. »Ich weiß!« Natürlich tut er das, er erlebt das schon viel länger, wenn nicht immer. »Doch es sind auch gerade sehr harte Zeiten, es ist nicht immer so.« Eleonora atmet tief aus.

»Mein alter Chef hat mir heute angeboten, für ein halbes Jahr nach Aquadilla zu gehen. Ich könnte dort andere einarbeiten, zusammen mit Davina, und Nael würde dort betreut werden. Ich habe eigentlich gar nicht darüber nachgedacht, doch so langsam denke ich immer mehr, dass diese Idee, die dieser Mann hatte, von dem du erzählt hast, Nael von alldem fernzuhalten, doch nicht so schlecht ist, wie es sich am Anfang angehört hat.«

Sie sieht zu Dario, der ohne eine Miene zu verziehen weiter zur Straße blickt und nichts sagt. Eleonora hat damit gerechnet, dass er sofort einlenkt und das nicht möchte, doch er sagt erst nichts, dann hält er vor dem Haus ihrer Mutter und lehnt sich zurück. »Hast du dazu nichts zu sagen? Denkst du, das ist eine gute Idee? Denkst du, wir sollten alles zurückstecken und für Nael eine andere Lösung finden?«

Dario sieht zu ihr. »Ich liebe euch zwei über alles und ich will euch nicht verlieren, doch ich würde lügen, wenn ich nicht zugeben müsste, dass ich nicht auch an solche Optionen gedacht habe. Dass ich auf meine Liebe verzichten muss, um für eure Sicherheit zu sorgen, eigentlich ist das meine Pflicht.«

Eleonora schließt einen Moment die Augen. Allein der Gedanke, Dario und alles andere zu verlassen, tut zu sehr weh.

»Es tut mir so leid, dass ich euch beiden nicht das bieten kann, was ihr verdient: ein normales Leben in Sicherheit. Ich kann euch alles bieten, doch das werde ich euch nie garantieren können. Ich wünschte, es wäre anders. Ich wünschte, ich wüsste eine andere Lösung oder was ich machen kann, doch gerade weiß ich nichts mehr.«

Sie sehen beide zur Haustür und schweigen, bis Eleonora ihre Tasche nimmt und die Tür öffnet. »Ich denke, es ist an der Zeit, dass wir beide einige Schritte zurückgehen und genau überlegen, was wir tun sollen. Manchmal muss man das tun, um wieder ein klares Bild vor Augen zu haben.«

Sie will ihn nicht verletzen, doch sie weiß, dass sie das tut.

Er kann für all das genauso wenig wie Adrian, sie führen dieses Leben, sie sind da hineingeboren und kennen nichts anderes und sehen nun, dass es bei all dem Reichtum und all dem Spaß auch seine Schattenseiten hat und diese kann Eleonora nun nicht mehr einfach so ignorieren.

Da sie auch noch einen Wohnungsschlüssel zur Wohnung ihrer Mutter hat, kann sie hinein, ohne dass sie ihre Mutter und Nael weckt, die beide zusammen im Bett liegen.

Eleonora geht duschen und dort lässt sie alle Gefühle der letzten Stunde, wahrscheinlich der gesamten letzten Zeit zu und heraus. Sie legt den Kopf in den Nacken und lässt die warmen Wasserstrahlen auf ihr Gesicht prasseln. Sie wischen die Tränen weg, doch nicht die Schmerzen.

Warum muss all das so sein, wieso muss es immer diese Waage im Leben geben?

Sie findet den Mann ihres Lebens, den sie so sehr liebt und bekommt ein Kind von ihm, doch er trägt ein solch schweres Leben mit sich, dass sie von dieser Last schier erdrückt werden.

Natürlich haben sie dadurch den größten Reichtum, den man sich vorstellen kann, doch genauso Angst, Zweifel und niemals eine absolute Sicherheit. Ihr Sohn hat den besten Vater der Welt, doch dafür wartet ein gefährliches Leben auf ihn ... sie könnte Stunden so weitermachen, doch ihr fehlt dafür die Kraft.

Ihre Gedanken wandern zu Tanja und sie versucht es schnell wieder zu verdrängen. Die Mutter hat ihr versprochen sich zu melden, wenn sich etwas ändern sollte.

Eleonora ist so erschöpft, dass sie sich nur abtrocknet, ein Top und einen Slip anzieht und sich zu ihrer Mutter und ihrem Sohn ins Bett legt.

Normalerweise müsste sie sofort einschlafen, doch sie zieht Nael zu sich, legt ihre Nase an seinen kleinen Kopf und atmet tief ein, versucht ihre Gedanken abzuschalten, doch es will ihr nicht gelingen.

»Vertrau auf Gott, mein Schatz. Er und die Liebe, die zwischen Dario und dir besteht, wird schon alles richten.«

Ihre Mutter muss bemerkt haben, wie unruhig Eleonora ist. Sie wischt sich ihre letzte Träne aus den Augen und atmet tief ein. »Da bin ich mir nicht mehr so sicher.«

Am nächsten Morgen fühlt sie sich wie gerädert, doch nachdem sie gegessen hat, kommt auch schon Davina und sie fahren mit ihrer Mutter zusammen ins Krankenhaus. Sie hat Nael dabei und eigentlich damit gerechnet, Adrian vor der Abteilung vorzufinden, in der Tanja liegt, doch sie sieht niemanden.

Ihre Mutter begleitet sie noch ins Zimmer, bevor sie zur Arbeit muss. Auch Davina ist sehr ruhig. Eleonora hätte sich gewünscht, in Ruhe mit ihrer besten Freundin sprechen zu können, doch da ihre Mutter dabei ist, sind sie alle ruhig und nachdenklich, bis sie wieder vor dem Krankenbett von Tanja stehen.

Es hat sich kaum etwas geändert. Noch immer schläft sie, noch immer stehen viele Apparate und Geräte herum und Schläuche sind angebracht. Noch immer sitzen ihre Mutter und die Nachbarin bei ihr, Nora ist auch da. Tanjas Mutter legt gerade das Handy beiseite, als sie dazukommen, und sieht zu ihnen.

»Sie kann wahrscheinlich erst in den nächsten Tagen operiert werden. Wenn das alles so gut verläuft wie gehofft, werde ich sie, sobald es ihr besser geht, aus dem Land schaffen. Ich habe gerade mit meinem Bruder in Italien gesprochen, wo sie immer wieder ist, arbeitet und auf Aufenthalt hofft. Sie wird zu ihm gehen, weit weg von Puerto Rico neu anfangen und ich habe auch wegen dir nachgefragt, Eleonora. Er ist auch bereit, Nael und dich aufzunehmen und euch zu helfen. Für den Aufenthalt hat er endlich eine Lösung gefunden.«

Sie alle sehen die Mutter an, Eleonora versteht nicht, wovon sie spricht. Tanjas Mutter hebt warnend den Finger.

»Nimm deinen Sohn und lasse all das hinter dir, solange du noch kannst, Eleonora!«

Kapitel 18

»Schaffst du das?« Dario sieht zu Adrian, der neben ihm sitzt.

»Ja, ich sollte aber bei dir bleiben. Das kann böse enden und es ist am Ende alles meine Schuld.«

Dario atmet tief aus und sieht zum Krankenhaus, vor dem sie halten. Wahrscheinlich ist auch Eleonora wieder dort, er weiß es nicht. Er hat angefangen, ihr drei Nachrichten zu schreiben, war immer wieder kurz davor sie anzurufen, doch er hat es am Ende sein lassen. Gerade weiß er nicht, was er sagen soll. Er weiß es einfach nicht. Es liegt so viel auf seinem Herzen, so viel was er fühlt, doch er hat das Gefühl, er würde nichts davon sagen können und dass alles, was er gerade tut oder sagt, alles nur noch schlimmer macht.

Sein Vater hat ihm immer gesagt, dass Schweigen manchmal Gold ist und vielleicht trifft das gerade zu.

»Nein, es ist alles in Ordnung. Diego und die anderen sind da. Kümmere dich um Tanja, zumindest so weit dich ihre Mutter lässt. Ich denke, wenn du mitkommst, artet das alles noch mehr aus, als es das wahrscheinlich eh wird.« Adrian nickt und steigt aus.

Diego setzt sich zu ihm nach vorn und reibt sich über die Augen. »Hast du überhaupt geschlafen?« Dario fährt los, die Autos hinter ihm setzen sich ebenfalls in Bewegung. Er hat kaum geschlafen, er ist müde, doch hat keinen Schlaf gefunden. Eine ganze Weile saß er in Naels Raum und hat über die Zukunft seines kleinen Sohnes nachgedacht und dann gemerkt, wie groß und still es alleine im Haus ist. Früher hat er diese Tatsache geliebt, nach jedem anstrengenden Tag in sein ruhiges Zuhause zu kommen. Gestern Nacht hat es ihn kaum einschlafen lassen. Eleonora und Nael fehlen ihm immer wahnsinnig schnell, er weiß nicht, ob er jemals damit leben könnte, ohne sie leben zu müssen.

»Ja, es ist alles in Ordnung. Ich bin froh, wenn wir dieses Kapitel hinter uns lassen.« Diego zündet sich eine Zigarette an. »Papa war heute Morgen bei mir. Er hätte gerne noch mit uns gesprochen und dass wir zusammen eine Entscheidung fällen, doch dazu hat die Zeit gefehlt.«

Dario ist froh darüber. »Da gibt es nichts mehr zu besprechen. Ich werde mit denen keine Deals mehr machen, nichts. Wir sind nicht auf sie angewiesen, eher umgekehrt und das werden sie auch irgendwann merken.«

Er deutet Diego, ihm auch eine Zigarette anzuzünden. Er hatte nur einen Kaffee, er muss unbedingt etwas essen, doch erst will er das hinter sich bringen.

Sie fahren zum Flughafen, der komplette hintere Teil ist abgesperrt. Ihre Männer stehen schon bereit und lassen sie herein. Alles ist abgeriegelt, hier kommt niemand rein und raus, den sie nicht lassen. Sie kommen gerade richtig. Die Maschine der Mexikaner ist im Landeanflug. Sie steigen aus und sehen zu, wie sie auf dem leeren Flugfeld landet, bevor sie sich nähern.

Alle sind schwer bewaffnet, Dario verzichtet auf eine Waffe, er vertraut komplett auf seine Männer. Sie warten ab, bis sich die Flugzeugtür öffnet. Es steigen um die zehn bewaffnete Männer aus und umstellen das Flugzeug, als würde das etwas ändern, doch sie lassen sie machen. Dann erscheinen Arturo und sein Vater in der Tür und laufen langsam die Treppe hinunter. Eine Tatsache, die Dario überrascht, er hätte nicht damit gerechnet, dass er seinen Vater mitbringt.

Sie sehen sich um, Dario geht zu dem schwarzen Wagen, der weiter vorgefahren ist und öffnet die Hintertür. Ayla steht sofort auf und will zu ihrem Bruder und ihrem Vater, doch Dario hält sie am Arm zurück. »Schön langsam.«

Man sieht Arturo und seinem Vater sowie allen anderen Männern an, dass es ihnen gar nicht gefällt, wie sie Ayla am Arm halten und ihnen entgegengehen. Nur Diego und Dario bewegen sich mit Ayla fort, alle anderen bleiben stehen.

»Es ist traurig, dass wir uns eines Tages so gegenüberstehen, das hätte nicht sein müssen.« Dario sieht dem älteren Mann in die Augen, vielleicht meint er es sogar so, doch er hat nicht mehr das Sagen in der Familia.

»Ihr könnt froh sein, dass wir uns noch gegenüberstehen und wir das nicht anders geklärt haben. Nehmt Ayla zurück und sorgt dafür, dass sie nie wieder in die Nähe Puerto Ricos kommt! Das gilt für euch alle und all eure Männer. Ab sofort sind unsere Geschäfte beendet, es gibt keine Beziehungen mehr zwischen Puerto Rico und Mexiko.«

Arturo lacht. »Das werdet ihr noch bereuen. Keiner geht so mit meiner Schwester um.« Dario lässt Ayla los, die sofort in das Flugzeug geht, ohne sich noch einmal umzudrehen. »Wenn Adrian und Ayla geheiratet hätten, weil sie beide es wollen, wäre es in Ordnung gewesen. Adrian wollte nicht mehr und wir haben es nicht nötig, unsere Männer zu verheiraten, um Deals zu unterstreichen. Ayla ist zu weit gegangen, viel zu weit, seid froh, dass wir sie euch übergeben und nicht anders gehandelt haben.«

Diego verschränkt die Arme vor der Brust, Dario spürt, dass sich sein jüngerer Bruder immer mehr anspannt. Auch ihm passt all das nicht, doch er lässt Dario weiterreden.

»Und falls ihr dachtet, wir sind hier für Verhandlungen, habt ihr euch getäuscht. Wir informieren euch einmal darüber, dass sich niemand von euch Puerto Rico oder einem unserer Männer nähern darf. Nach der Warnung handeln wir nur noch. Sucht euch neue Geschäftspartner, nach El Salvador fällt nun auch Puerto Rico weg. Steigt ein, verlasst Puerto Rico und kommt nicht auf die Idee, noch einmal zu versuchen, Kontakt zu uns aufzunehmen.«

Arturo will etwas sagen, doch sein Vater greift nach seinem Arm und unterbricht ihn.

»Ich denke, wir alle müssen erst einmal durchatmen und dann werde ich noch einmal mit deinem Vater ...«

Dario unterbricht den alten Mann.

»Das ist Zeitverschwendung. Ich leite die Familia und ich bleibe dabei. Es ist mir egal, was ihr davon haltet.« Dario wird ihm nichts vormachen. Nun ist es doch wieder Arturo, der das Wort ergreift.

»Du solltest über deine Entscheidungen und Worte immer doppelt nachdenken und auch an die Zukunft deines Sohnes ...« Nun tritt Dario näher und ehe irgendeiner der vielen Männer hier reagieren kann, hat er seine Waffe gezogen und ist bei Arturo. Er hält sie ihm an den Kopf.

Dario war schon immer schnell und Arturo hatte noch nicht einmal die Möglichkeit zu reagieren. Er hört, wie alle Männer um ihn herum ihre Waffen durchladen, doch alles, worauf er sich konzentriert, ist Arturo.

Er sieht ihm in die Augen und hält ihm weiter die Waffe an den Kopf.

»Ich sage das jetzt einmal und ich möchte, dass du es der ganzen Welt weitersagst. Der Nächste, der es wagt, meinem Sohn zu drohen oder es auch nur andeutet, für den werden es die letzten Worte gewesen sein. Und jetzt ... verschwindet!«

Arturos Vater steht neben ihm und schiebt seinen Sohn in Richtung Flugzeug. »Wir sollten das hier ruhig beenden.« Dario entfernt sich, er hört noch Arturo und seinen Vater diskutieren, sie sind nicht einer Meinung, doch am Ende steigen sie ein und nach ihnen all ihre Männer.

Dario und Diego bleiben auf dem Flugfeld zurück. Ihre Männer halten ihre Waffen weiter schussbereit, bis das Flugzeug abgehoben ist.

»Lief doch besser als gedacht!« Diego grinst und Dario geht zu den Autos, nachdem die Mexikaner ihr Land verlassen haben. Einige ihrer Männer werden dort bleiben und sicherstellen, dass das Flugzeug auch wirklich weg ist, bevor sie den kompletten Flughafen wieder freigeben.

Dario geht zum Auto.

»Jeder, der sich irgendwie an mir rächen möchte, wird das über Nael probieren. Eleonora hält es für sicherer, wenn sie mit ihm von hier weggeht und so langsam kann ich dem nichts mehr entgegenstellen. Es hätte erst gar keiner erfahren dürfen.« Er steigt ein, Diego beeilt sich, sich auch zu setzen.

»Denkt Eleonora das wirklich?« Dario gibt Gas. Selbst sein Hunger ist ihm wieder vergangen. »Zumindest zieht sie die Option in Betracht, und ich denke auch darüber nach. Wenn du ein Kind hast, dann ist das Wichtigste, dass es ihm gut geht und er nicht ständig von all meinen Feinden als Druckmittel genommen wird.« Diego wendet sich komplett zu ihm um.

»Dario, ich weiß, dass ich vielleicht nicht ganz nachvollziehen kann, wie es ist, ein Kind zu haben, doch seit wann vertraust du nicht auf unsere Familia? Nicht auf uns? Denkst du nicht, dass wir es schaffen werden, auf Nael aufzupassen? Ihm wird es besser gehen als jedem anderen Jungen, hier bei uns, wo wir alle sind, die ihn lieben. Ich wette, wenn er sprechen und verstehen könnte was ihr plant, würde er das nicht zulassen.«

Er hält an einer Ampel und tippt eine Nachricht an Eleonora in sein Handy. Er fragt, ob alles in Ordnung ist und ob sie sich sehen können, dann sieht er seinen Bruder an.

»Er wurde fast getötet, und was ist mit Daria? Hast du noch nicht verstanden, dass es manchmal einfach nicht in unserer Macht steht, alle Menschen, die wir lieben, schützen zu können?« Diego lacht bitter auf. »Dann müssen wir besser darin werden, aber aufgeben ist bisher noch nie eine Option für dich gewesen.«

Dario schweigt. Sein Bruder hat recht, doch er war natürlich auch noch nie in solch einer Situation.

Sein Handy piept. Eleonora hat ihm geantwortet, dass alles in Ordnung ist und dass sie gerade erst einmal Zeit zum Nachdenken braucht.

Dario legt sein Handy sauer zurück und knackt seine Schultern.

»Du brauchst dringend Ruhe und einen freien Kopf, Dario, denk über alles nach und fälle keine voreiligen Entschlüsse.«

Wahrscheinlich hat sein jüngerer Bruder gar nicht mal so unrecht, doch er wird diese Entscheidung eh nicht alleine treffen.

Statt nach Hause geht Dario ins Gemeinschaftshaus, um zu trainieren, er muss sich abreagieren. Selbst wenn sein Körper müde ist, ist sein Geist das noch lange nicht und zu trainieren ist für ihn die beste Methode abzuschalten. Er ist ganz alleine an den Geräten, schaltet laut die Musik ein und beginnt sich bis an seine Grenzen zu bringen. Als er am Ende seiner Übungen ist, tritt plötzlich Adrian zu ihm, sein Cousin wirkt noch schlechter gelaunt als er und zieht sich sein Shirt aus.

Er fragt ihn nicht, was los ist, er sagt nichts zu ihm, zieht sich ebenfalls sein Shirt aus und deutet ihm an mitzukommen. Sie gehen joggen, schweigend laufen sie aus ihrem Gebiet hinaus, aus ihrer Gegend und eine unbefahrene Straße hinunter. Sie laufen nebeneinander her, keiner sagt ein Wort, doch beide geben alles.

Am Ende des Weges halten sie an und Dario muss wirklich tief Luft holen; nach dem Training noch so zu laufen, verlangt ihm alles ab und er stemmt seine Hände in die Hüften.

»Das hat gutgetan.« Adrian nickt, er hat noch etwas mehr Kraft und wird sicher auch noch trainieren. Er sieht zu Dario. »Weißt du, woran ich gerade denken musste?« Sie laufen langsam zurück. »Ich weiß, dass ich ... nicht gut für Tanja bin ... offensichtlich, unser Leben nicht gut für die Frauen ist, die wir lieben.« Dario sagt nichts dazu, er hat das Ganze erfolgreich für einige Stunden verdrängen können.

»Aber auch für uns hat sich alles geändert. Es ist nicht so leicht, nur mit einer Frau zusammen zu sein und all das Drumherum und dann merken wir, wie beschissen unser Leben für eine feste Beziehung ist. Ich verstehe immer mehr, dass viele unserer Männer darauf verzichten, doch manchmal kann man sich das nicht aussuchen.«

Adrian ist noch immer völlig fertig, aber langsam scheint er sich ein wenig zu fangen, Dario muss lachen und schlägt seinem Cousin leicht auf den Nacken, bevor er wieder zu rennen beginnt. »Ich liebe dich, aber du hast einen Knall.« Adrian folgt ihm und hebt den Finger. »Aber!! Das war das erste Mal seit langer Zeit, dass ich dich mal wieder richtig lachen gehört habe.«

Sie rennen um die Wette zum Gemeindehaus und am Ende holt Adrian ihn ein, Diego wartet und isst und nun setzt sich auch Dario dazu und isst endlich etwas. Auch wenn noch einiges auf seiner Seele lastet, fühlt er sich ein wenig erleichterter.

Als er nach dem Essen nach Hause geht, um endlich etwas Schlaf nachzuholen und bemerkt, dass Eleonora sich wirklich gar nicht meldet, sinkt seine Laune wieder. Er betrit sein Haus und sieht verwundert auf seinen Vater, der auf seiner Terrasse sitzt und auf ihn wartet.

So etwas kommt selten vor, er wäre ihn suchen gekommen, hätte angerufen und ihn zu sich bestellt, doch dass sein Vater jetzt dort sitzt und so ernst zu ihm blickt, lässt ihn sich einen Moment wie ein zwölfjähriger Junge fühlen, der Mist gebaut hat.

»Wie lange wartest du hier schon?« Dario holt sich eine Dose Limonade aus dem Kühlschrank und tritt auf die Terrasse zu seinem Vater, der auch eine Limonade auf dem Tisch stehen hat.

»Eine Weile.« Dario trinkt und setzt sich neben seinen Vater. »Wieso hast du nicht einfach angerufen? Ich wäre gekommen.« Sein Vater nickt und blickt zu ihm. »Das weiß ich, doch so hatte ich Ruhe, um über einiges nachzudenken.« Oh nein, das hat nie etwas Gutes zu bedeuten.

»Dein Bruder hat mit mir gesprochen. Er macht sich Sorgen um dich.« Dario lehnt sich zurück. Daher weht der Wind. »Ich habe ihm schon gesagt, dass das nicht nötig ist. Mir geht es gut. Es ist gerade viel los und ... es läuft einiges nicht so, wie wir es gehofft hatten, doch das wird schon. Und falls du dir wegen Mexiko Sorgen machst ...«

Sein Vater hebt die Hand.

»Das interessiert mich nicht. Das liegt in deiner Hand und ich weiß, dass du das Richtige tust. Das was mir wichtig ist, ist, dass mein Sohn glücklich ist. Ich möchte dir mal etwas erzählen ...«

Er lehnt sich auch zurück und atmet tief ein. Dario muss lächeln, das bedeutet, dass jetzt eine lange Rede kommt.

»Weißt du, damals als ich deine Mutter getroffen habe, habe ich mich lange Zeit geweigert, sie zu nah an mich heranzulassen. Es war so etwas wie eine unausgesprochene Regel, keine feste Beziehungen einzugehen, so ist es einfacher und man hat nicht zu viel Verantwortung. Doch du kennst ja die Geschichte ... ich habe es einfach nicht geschafft, deine Mutter zu vergessen. Ihr Vater war sehr streng und unsere Familia noch nicht so bekannt. Ich habe den beiden über ein Jahr vorgespielt, ich würde bei der Polizei arbeiten, weil ich wusste, dass sie sich nicht auf jemanden aus einer Familia eingelassen hätte.«

Dario nickt. Er kennt diese Geschichte.

»Alles kam raus, sie hat mich verflucht und sich getrennt ... doch wir haben uns schon viel zu sehr geliebt und ein halbes Jahr später haben wir geheiratet. Damals habe ich genau wie du jetzt bemerkt, wie schwer es ist, das hinzubekommen, seine Frau zu schützen. Und damals war es sogar noch schwerer, weil da die Zeit unserer Macht richtig begonnen hat und jeder unser Feind war und wir auch noch nicht so viele Männer hatten. Als sie dann mit dir schwanger war, wurde es noch schlimmer ... wir haben es hinbekommen. Ihr wart alles für mich, wir waren so glücklich und dann ist das mit Daria passiert ...«

Sein Vater reibt seine Hände.

»Das war … das Allerschlimmste. Du warst klein und hast nicht alles mitbekommen, aber deine Mutter hat jahrelang unsere Familia und unser Leben verflucht. Ich habe es getan, es war die Trauer um Daria, doch im Grunde wussten wir beide, dass solche Sachen immer passieren können. Es werden nicht nur Kinder aus Familias entführt oder ihnen etwas angetan. Das kann jede Familie treffen, auch deren Kinder können getötet werden. Ja, wir haben mehr Feinde, doch auch mehr Möglichkeiten und Macht, die, die wir lieben zu schützen. Ich habe das mit dem Haus am Meer nur deiner Mutter zuliebe gemacht, das war unnötig. Auch wenn das mit Daria passiert ist und ich am Boden war, habe ich nie daran gezweifelt, dass unsere Famillia es schafft, unsere Kinder zu schützen und ein normales Leben möglich ist. Wir hatten es nicht leicht, doch würdest du jetzt sagen, es war ein Fehler, dass ihr hier großgeworden seid? In der Familia? Denkst du nicht, dass es möglich ist, hier als Familie zu leben?«

Dario sieht seinem Vater in die Augen, er ist dankbar für seine Worte und sieht die Sorgen in den Augen seines Vaters.

»Doch, es war genau das Richtige und ich glaube nicht nur daran, dass es möglich ist, ich weiß es!«

Kapitel 19

»Bist du dir sicher?«

Davina löst die Umarmung und sieht Eleonora in die Augen. Sie lächelt zufrieden. »Absolut sicher. Ich glaube, ich war mir noch niemals so sicher wie in dieser Sache, auch wenn ich einige Tage gebraucht habe, um mir darüber Gedanken zu machen.« Davina nickt und küsst ihre Wange. »Es ist auch egal, was du entscheidest. Ich werde immer an deiner Seite sein und natürlich bei meinem kleinen, süßen Wonneproppen.« Sie drehen sich beide zu Nael, der nur in Windeln auf einer weichen Decke auf der Couch ihrer Mutter liegt und sie zufrieden anstrahlt.

Eleonora atmet tief aus.

Sie hat sich in den letzten Tagen viele Gedanken gemacht. Es ist knapp eine Woche her, dass Tanja ins Krankenhaus gekommen ist. Heute Morgen hatte sie ihre zweite Operation und in einigen Tagen wird sie ihre Mutter nach Italien fliegen lassen. Die Operation hat sich so lange hingezogen, weil sie einfach noch nicht stabil genug war. Es gab immer wieder Momente, wo sich ihr Zustand verschlechtert hat, doch sie hat das Schlimmste überstanden.

Es gab immer wieder Phasen, wo Tanja wach wurde, sie hat auch gesprochen und sich etwas bewegt, doch sie war nicht richtig da, wusste nicht mehr genau, was passiert war, doch sie hat sofort nach Adrian gefragt. Die Mutter hat es bis jetzt geschafft, Adrian von Tanja fernzuhalten. Alle wissen, dass es Adrian nur zulässt, weil es der Wunsch der Mutter ist. Es gibt niemanden, der ihn davon abhalten könnte, Tanja zu sehen, wenn er wollte. Eleonora ist sich auch sicher, dass er es tut, wenn die Mutter hin und wieder für zwei, drei Stunden nach Hause geht, um zu duschen und sich umzuziehen.

Auch sie hat Dario um Zeit gebeten, sie hat ihn damit verletzt, er wollte immer wieder mit ihr reden, doch sie hat die Zeit gebraucht, und es war richtig, sich diese Zeit zu nehmen, so hat sie in Ruhe eine endgültige Entscheidung treffen können.

Gestern, als Eleonora bei Tanja im Krankenhaus war, hat er Nael abgeholt, mit ihm den Tag verbracht und ihn abends zu ihrer Mutter nach Hause gebracht, doch auch da haben sie sich nicht gesehen.

»Es wird Zeit, ich muss mit Dario sprechen.«

Davina legt den Arm um sie. »Tu das. Soll ich den kleinen Mann nehmen?« Eleonora geht zum Spiegel und sieht hinein. Sie hat morgens nur geduscht und hat sich eine Jeansshorts und ein weiteres weißes Shirt übergezogen. Ihre Haare hat sie gewaschen und geflochten. Sie sieht müde aus, doch für das Gefühlschaos, was sie in letzter Zeit durchlebt hat, besser als sie es vermutet hätte. »Nein, ich nehme ihn mit, denke ich. Wer weiß, wie lange das dauert ...«

Wie immer findet sie in Davinas Handtasche einen Eyeliner und Wimperntusche und schminkt sich, danach öffnet sie die Haare und knetet ihre Locken noch fester in ihre Haare. Ihre Mutter kommt vom Einkaufen zurück und Eleonora sagt ihr, dass sie mit Nael zu Dario fährt. »Ich habe die letzten Tage nur gearbeitet und ihn kaum gesehen. Ich bekomme gleich Besuch von Elsa. Lass ihn hier, wir gehen spazieren und später kannst du ihn abholen. Dann haben Dario und du auch genug Ruhe, um ... wirklich alles zu klären.« Sie sieht Eleonora traurig an. Sie mag Dario sehr und sie hat gesehen, wie sehr er die letzten Tage versucht hat, an Eleonora heranzukommen und hatte Mitleid mit ihm, auch wenn sie ihre Tochter versteht und jede Entscheidung von ihr akzeptiert.

»Okay, ich melde mich dann später.« Sie verabschiedet sich von allen und fährt mit dem Taxi in das Da Silva-Gebiet. Sie begrüßt die Wachen, die ihr gleich sagen, dass Dario gerade in einer Besprechung im Gemeinschaftshaus ist. Sie fragen, ob sie ihn anrufen sollen, doch Eleonora erklärt, dass sie das nicht brauchen und sie dort auf ihn warten wird.

Sie lässt sich Zeit, zum Gemeinschaftshaus zu kommen, einen Moment denkt sie darüber nach, zu Darios Mutter und Daria zu gehen. Vor zwei Tagen hat sie neben Adrian auch Milan im Krankenhaus angetroffen. Er hatte eine Verletzung im Gesicht, er musste offenbar genäht werden. Als sie ihn danach gefragt hat und sich kurz zu Adrian und ihn gesetzt hat, hat sie erfahren, was passiert ist.

Als das mit Tanja passiert ist, hat Daria ihren Bruder offenbar gewarnt. Sie scheint nun wirklich anzufangen, ihre richtige Familie zu akzeptieren, und als ihr sogenannter Verlobter davon etwas mitbekommen hat, ist er sauer geworden. Er ist Daria angegangen. Dadurch, dass alles etwas durcheinander war, war in diesem Moment niemand bei ihnen wie sonst immer.

Sie müssen sich stark gestritten haben, der Verlobte soll versucht haben, mit Daria zu fliehen und über die Garage in einem Auto zu entkommen, doch dabei hat Milan sie erwischt und all das gestoppt. Nun ist der Verlobte weg und die Familie froh, dass sich Daria in allen Bereichen für sie entschieden hat. Sie bleibt in dem Haus wohnen, wird aber nicht mehr überwacht, auch wenn sich Eleonora gut vorstellen kann, dass Milan auch so öfter bei ihr sein wird, so wie seine Augen glänzen, wenn er von Daria spricht.

Sie muss sich das alles unbedingt noch einmal von Daria und Milanda anhören, doch sie geht doch zum Gemeinschaftshaus, in dem es ungewohnt still ist. Normalerweise läuft hier immer jemand herum, doch jetzt ist es ganz ruhig.

Leise geht sie zum Besprechungsraum, dessen Tür offen steht.

Ihr Herz schlägt schneller, als sie hineingeht und auf Dario blickt, der an ein Sideboard gelehnt zu einer Leinwand sieht, auf der mehrere Karten angezeigt werden und Abel davorsteht und etwas zeigt. Nicht nur Dario ist da, es sitzen etwa zwanzig Männer um den Tisch. Milan, Diego, sie alle sind da, doch Eleonora sieht zu Dario.

Nach all der Zeit, nach allem was passiert ist, reagiert sie noch immer so stark auf ihn. Sie sieht auf seine dunklen Haare, sein Profil, die Lippen, die sie immer wieder so verrückt machen, seine massigen Arme, die er verschränkt hat, die goldbraune Haut, seine Tattoos; es gibt wahrscheinlich nichts, was sie an diesem Mann nicht liebt und als er sich zu ihr umdreht, spürt sie all das noch viel intensiver, als seine schönen Augen in ihre blicken. Dario erhebt sich sofort und sieht sehr verwundert zu ihr. Ohne auf die anderen zu achten, will er zu ihr, doch Eleonora deutet ihm zu bleiben und dass sie im Garten wartet.

Sie kommt gerade mal dazu, sich etwas zu trinken zu holen und in den Garten zu gehen. Dort stellt sie sich an den Pool und sieht zu dem Tisch, an den sie sich damals zusammen mit Nora gesetzt und Karten gespielt hat. Hier hat alles begonnen. Eleonora muss den Kopf schütteln, diese paar Monate waren so intensiv und turbulent wie noch niemals etwas zuvor in ihrem Leben.

»Ich habe die letzten Tage oft hier gesessen und auf den Tisch gesehen, wo alles begonnen hat.«

Eleonora dreht sich um, als Dario in den Garten tritt. Sie sieht, wie die anderen Männer das Haus verlassen und die Tür hinter sich schließen.

»Du hättest nicht extra das Meeting wegen mir beenden müssen. Ich hätte gewartet.« Dario schüttelt den Kopf. »Ich habe die letzten Tage nur darauf gewartet, dass du endlich wieder mit mir sprichst und deine Entscheidung fällst, das werde ich sicher nicht noch weiter aufschieben und nichts ist so wichtig wie das hier.«

Er deutet zwischen ihnen hin und her. Eleonora lächelt und setzt an, etwas zu sagen, doch Dario hebt die Hand. »Warte, bevor du mir sagst, was ich wahrscheinlich nicht hören möchte … Ich denke du weißt, dass ich Nael und dich liebe und ich verstehe absolut, dass du wegen all der Geschehnisse in den letzten Wochen unsicher bist. Das ist ganz normal. Ich meine, selbst mich hat das aus der Bahn geworfen und das passiert sonst nie. Die Familia zu leiten, liegt mir im Blut, die Familia zu leiten und dabei die Frau, die man über alles liebt und seinen eigenen Sohn zu schützen, ist eine neue Erfahrung und ich würde lügen, wenn ich jetzt behaupten würde, ich kann dir garantieren, dass ich nie wieder einen Fehler mache oder dir absolute Sicherheit garantieren kann.«

Er lässt die Hand sinken und atmet tief ein. Sie erkennt, wie tief ihn all das trifft. Eleonora lehnt sich gegen den Tisch, bei dem sie steht und versucht, ihre Emotionen nicht die Oberhand gewinnen zu lassen, doch seine Worte und auch dass sie erkennt, wie sehr ihn all das mitnimmt, lässt ihr die Tränen in die Augen steigen.

Dario erkennt das und sieht ihr in die Augen, bevor er weiterspricht.

»Ich kann dir nichts versprechen, Engel. Ich habe die Tage hier gesessen und darüber nachgedacht, was ich tun kann, um dir deine Freiheit zu geben, absolute Sicherheit und das, was für mich am wichtigsten ist, euch bei mir zu behalten. Ich möchte weder dich noch Nael verlieren und ich möchte auch nicht, dass das unsere beste Option ist. Wir werden eine Lösung finden.«

Er atmet tief aus.

»Ich müsste lügen, wenn ich behaupten würde, ich hätte nicht auch darüber nachgedacht, Nael und dich weit weg in absoluter Sicherheit zu wissen, doch dann würde ich auf die Frau, die ich über alles liebe, und auf meinen Sohn verzichten, und ich habe beschlossen, dass ich lieber alles dafür tun werde, dass wir das auch so hinbekommen. Ich bin der Anführer der Da Silvas, ich werde nicht die einfachste Lösung nehmen, dazu bin ich nicht geboren. Wir schaffen das. Wir werden unsere Leben so aufeinander abstimmen, dass all das geht. Ich vertraue auf unsere Liebe und ich vertraue auf unsere Familia. Wir haben bisher alles hinbekommen und wir werden es auch schaffen, dass wir alle mit unseren Familien leben können und keine Gefahr für euch besteht.«

Dario sieht ihr in die Augen.

»Ich werde alles dafür tun ...«

Nun hebt Eleonora ihre Hand, um ihn zu unterbrechen. Sie stellt sich hin und zieht die Papiere aus der Handtasche, die Davina und sie heute Morgen unterscheiben haben.

»Was ist das?«

»Das ist mein Mietvertrag. Ich habe ihn an Davina überschrieben. Sie hat sich gegen den Job in Aquadilla entschieden und ich mich dafür, unserer Familie eine richtige Chance zu geben. Ich ziehe mit Nael zu dir und wir werden gemeinsam dafür sorgen, dass wir es schaffen.«

Auf Darios Lippen zeigt sich endlich ein Lächeln.

»Bist du dir sicher?«

Eleonoras Tränen verlassen erleichtert ihre Augen. »Ja, natürlich. Ich war mir noch nie bei etwas so sicher wie bei dem, auch wenn es etwas gedauert hat, bis ich es begriffen habe. Meine Liebe zu dir ist stärker als die Angst, was alles passieren kann, auch wenn diese Angst da ist. Doch ich liebe dich zu sehr, um das alles aufzugeben. Ich liebe es, bei dir zu sein, wie unser Sohn dich ansieht, wie er seine Arme nach dir ausstreckt, ich möchte auf all das keinen Tag mehr verzichten. Ich werde lernen müssen, einiges lernen müssen und mich besser auf dieses Leben vorbereiten, und wir werden einiges ändern müssen, doch es gibt nichts, was ich mehr möchte als das ... als uns!«

Dario macht einen Schritt auf sie zu. »Komm her!« Mit beiden Händen umfasst er zärtlich ihr Gesicht und küsst sie so sanft, dass sie es bis in den letzten Winkel ihres Körpers spürt. Es fallen ihr einige Steine vom Herzen und sie küsst ihn erleichtert zurück.

»Es gab keine Minute die letzten Tage, in der ich keine Angst hatte, euch beide zu verlieren.« Eleonora schüttelt den Kopf. »Wir haben uns beide Zeit genommen und uns beide für diese Beziehung entschieden und dass wir für unser Glück kämpfen. Natürlich, du hast recht, wir könnten den einfachen Weg wählen und so für die Sicherheit unseres Sohnes sorgen. Doch genau wie du habe ich das Vertrauen, dass wir es schaffen, ihm auch so diese Sicherheit zu geben, weil wir alle hier, nicht nur du und ich, sondern wirklich alle hier Nael lieben. Und so können wir ihm nicht nur die Sicherheit, sondern auch ein glückliches Zuhause schenken, mit Eltern, die sich über alles lieben und einem Vater, den er jeden Tag sieht ... ich will nichts anderes, als mit Nael und dir glücklich zu sein, und ich bin überzeugt, dass wir das schaffen, auch wenn wir es sicherlich nicht immer leicht haben werden.«

Dario legt seine Stirn an ihre und küsst sie dann lange in die Mitte der Stirn.

»Wir werden es schaffen. Ich vertraue auf unsere Liebe und auf die Da Silvas. Ich liebe dich, Engel.«

Eleonora sieht ihm in die Augen, ihre Hand legt sich auf seine Brust, auf der der erste gesunde Herzschlag ihres Sohnes verewigt ist. Sie spürt seinen Herzschlag und ihren eigenen und erkennt, dass sie zu einem geworden sind:

Drei Herzen, ein Herzschlag und ein gemeinsames Leben, dem sie nun glücklich entgegensehen.

Lesen Sie außerdem zu der Da Silva-Reihe …

Leseprobe aus Herbstblatt

»Herzlichen Glückwunsch, ich freue mich wahnsinnig für dich. Man sagt, das erste Jahr ist das schwerste und du hast das fantastisch gemeistert.« Sophie nimmt den nächsten Blumenstrauß entgegen und umarmt dankbar Luisa, die im Laden nebenan Kuchen verkauft und ihr auch heute Abend geholfen hat. Sie hat ein leckeres Kuchenbuffet kreiert. »Danke, und auch vielen Dank für all deine Hilfe dieses Jahr, sieh dir die neue Kollektion an, wir haben sie heute erst aufgehängt, und das Kleid, was ich trage, ist auch davon. Such dir gerne etwas aus.«

Luisa sieht an Sophie herunter und hebt die Augenbrauen. »Das tue ich. Du siehst traumhaft aus. Ich sehe mich gleich mal um.« Sophie lächelt und nimmt noch einen Schluck von dem Champagner, den alle ihre Gäste heute gleich am Eingang bekommen. Sie sieht in den Spiegel und überprüft, ob noch alles stimmt. Das neue Kleid ist eines der sexyesten Modelle, was sie in ihrer Strandboutique anbieten. Es ist, wie vieles hier im Laden, weiß, gehäkelt und aus weichem Stoff. Es geht Sophie bis zu den Knien und hat feine Träger. Wie meistens trägt sie ihre hellblonden Locken offen, sie sind viel zu schwer zu bändigen und sie hat ihre blauen Augen noch etwas mehr betont als sonst immer.

Zufrieden sieht sie sich weiter um. Heute ist ihr kleiner Laden ein Jahr alt. Es war verrückt, viele haben ihr gesagt, dass es ein zu großes Risiko ist, eine weitere Strandboutique aufzumachen, hier am Strand von Puerto Rico, so weit weg von Padanaram Village, Massachusetts, der kleinen Stadt, in der sie bis vor einem Jahr noch gelebt hat. Sie war immer die vernünftige Tochter von Jim und Catherine Parker.

Sie hatte eine glückliche Kindheit. Ihr Vater war der Inhaber einer Produktionsfirma für Landwirtschaftsgeräte, ihre Mutter ist zuhause geblieben und hat sich dort um alles gekümmert. Shay, Sophies ältere Schwester und sie sind in Padanaram Village zur

Schule gegangen, in der nächsten Stadt zur Highschool. Sie haben nie Ärger gemacht, doch sie beide hatten immer den Traum, herauszukommen, die Welt zu entdecken und irgendwo am Strand zu leben, eine Boutique oder ein kleines Café zu eröffnen und glücklich zu werden.

Ihre Eltern haben über ihre Pläne nur müde gelacht. Ihr Vater hat ihnen schon Stellen in seiner Firma eingeräumt, doch für sie beide war absolut klar, dass sie sich diesen Traum eines Tages erfüllen wollen, wenn auch nur für einige Jahre. Shay ist nach der Highschool auf das College in Massachusetts gegangen. Da es nicht so weit von ihrem Elternhaus entfernt ist, ist sie erst noch bei ihnen geblieben, hat aber schon begonnen, sich nach einer Bleibe in der Nähe des Campus umzusehen. Dann ist auch Sophie aufs College gekommen und sie haben versucht, zusammen eine Wohnung zu finden und dann anzufangen, ihre Träume zu verwirklichen und für einige Jahre ihre Gegend zu verlassen.

Rückblickend kann Sophie noch immer nicht richtig verkraften, dass nur wenige Minuten all das beendet haben, eine Sekunde über Tod und Leben entschieden und sie alle aus ihrem normalen Alltag gerissen hat. Es waren nur wenige Minuten.

Shay, ihr Freund, und ihre beste Freundin und deren Freund waren auf dem Rückweg von einer Party. Sie hatten einen Autounfall. Ein anderes Auto hat sie gestreift und von der Fahrbahn abgebracht und sie sind eine Böschung hinunter und gegen einen Baum gekracht. Alle vier waren sofort tot, der Aufprall war viel zu stark.

Jedes Mal wenn Sophie daran denkt, wird alles schwarz in ihren Gedanken, denn genau das ist passiert. Alles um sie herum wurde schwarz und das für eine lange Zeit. Sie weiß noch, wie ihre Mutter zusammengebrochen ist, als mitten in der Nacht der Sheriff zu ihnen gekommen ist; nicht nur ihr eigenes Herz ist in diesem Moment gebrochen, es hat sie umgebracht zu sehen, wie ihre Eltern gelitten haben. Und nicht nur sie.

Sie sind eine kleine Stadt, alle kennen sich und sie haben vier Menschen gleichzeitig beerdigt, die von ihren Familien und der ganzen Stadt betrauert wurden. Lange Zeit waren sie alle unfähig, weiterzumachen. Jeder Tag war ein Kampf, doch irgendwann mussten sie weiterleben. Ihr Vater hat alles darangesetzt, zusammen mit den anderen die ganze Wahrheit ans Licht zu bringen.

Der Unfallverursacher hat behauptet, die Kinder wären sichtlich angetrunken gefahren und selbst von der Fahrbahn abgekommen, doch Blutuntersuchungen haben dann gezeigt, dass keiner von ihnen zu viel getrunken hatte und letztlich ist herausgekommen, dass der Mann einfach viel zu schnell unterwegs war. Bis das alles geklärt war, ist viel Zeit vergangen, doch es hat ihnen nicht die Erlösung gebracht, die sie sich vielleicht alle erhofft hatten. Ihre Mutter hat begonnen weiterzumachen, doch sie ist jeden Morgen an Shays Grab und jeden Abend vor dem Schlafen in ihrem Zimmer.

Auch ihr Vater hat sich irgendwann wieder in die Arbeit gestürzt und so seine Ablenkung gefunden, doch für Sophie hat das alles nicht funktioniert. Sie ist aufs College gegangen und hat versucht sich abzulenken, doch sie hatte immer das Gefühl, einen zu engen Schal um den Hals gebunden zu haben. Am ersten Todestag von Shay haben ihre Mutter und sie beschlossen, ein paar alte Sachen von ihr zu spenden. Sie wussten, dass Shay das so gewollt hätte. Nichts Wichtiges, nichts, woran sie zu sehr hängen, doch einige Kleidungsstücke aus ihrem großen Kleiderschrank und alte Spielsachen, die sie noch von früher hatten.

Beim Ausmisten haben sie viel geweint, aber auch gelacht, und vielleicht war das nach all der Zeit der erste Lichtblick. Sie haben dort auch Unterlagen für ihre Pläne gefunden. Shay hat das alles viel ernster als Sophie genommen und hatte sich schon vier Läden herausgesucht. Es war einer auf Hawaii, eine Strandbar, die zum Verkauf stand und zwei Boutiquen in Mexiko. Es gab noch einen Strandladen in Puerto Rico und sie hatte zu allen Ländern schon

Listen erstellt und Bilder zusammengetragen, was besser zu ihnen passen würde. Ihr Vater ist dazugekommen und sie haben sich all diese Sachen angesehen.

Vielleicht haben ihre Eltern da das erste Mal verstanden, wie ernst sie beide es gemeint haben. Sophie hat die Unterlagen mit in ihr Zimmer genommen und nachts davon geträumt, wie viele Stunden Shay und sie im Zimmer auf ihrem Bett lagen und darüber gesprochen haben, jeden Tag mit Palmen vor dem Fenster aufzuwachen. Mitten in der Nacht hat Sophie dann im Internet nach den Läden gesucht. Zwei waren bereits vermietet, einen gab es nicht mehr, nur der Laden in Puerto Rico war noch zu haben. Über dem Laden gibt es sogar eine kleine Wohnung und er liegt direkt am Meer. Es ist alles, was sie sich vorgestellt haben.

Sophie hat sich lange mit Nelly, der Inhaberin einer Boutique in ihrer Stadt, unterhalten. Alle lieben Nellys Boutique, sie ist gemütlich und hat immer die schönsten Kleidungsstücke, aber auch gleiche Home-Accessoires. Sie hat ihr von alldem erzählt und Nelly hat ihr ihre Großhändler gezeigt und auch, dass sie in alle Länder verschicken.

Nach und nach hat sich der Schal um Sophies Hals gelockert und während der nächsten Tage konnte sie nur noch an ihren Traum und diesen kleinen Laden in Puerto Rico denken. Ohne ihre Eltern zu fragen, hat sie für sie drei Tickets gekauft und hat für vier Tage ein Hotel in der Nähe des Ladens gebucht. Ihre Eltern waren überrascht, doch weil sie wussten, wie viel es Shay bedeutet hat, sind sie zusammen hingeflogen. Es war Liebe auf den ersten Blick, mit dem Laden und mit allem anderen.

Am vierten Tag saßen sie zusammen am Strand und haben sich den Sonnenuntergang angesehen, dabei hat Sophie ihren Eltern gesagt, dass sie es probieren möchte, wenn auch nur für einige Jahre, doch sie braucht diese Veränderung, um wieder richtig atmen zu können. Nun steht sie in ihrem Laden dem 'Shay', der seit einem Jahr von Tag zu Tag besser läuft. Sie hat sogar schon zwei Mitarbeiterinnen und hat ihr Sortiment immer wieder erweitert.

Die Leute lieben die Atomsphäre, die sie hier mit den weißen Wänden, den Holzverzierungen, der altmodischen Theke und den verschnörkelten hellen Möbeln und Regalen geschaffen hat.

Neben Kleidung haben sie nun auch Kissen, Dekoartikel und auch zwei, drei Regale und Stühle, die man hier kaufen kann. Das Wichtigste aber ist, dass sich ihre Kunden oder jeder, der den Laden betritt, wohlfühlt, und das tun sie. Sophie hat es nicht einen Tag bereut, ihren Uniplatz ruhen zu lassen und sich hier ihren Traum zu erfüllen und sie hat den Mietvertrag für ein weiteres Jahr unterschrieben, was dann kommt, weiß sie noch nicht, doch hier und jetzt ist sie sehr glücklich.

Auch das Leben in Puerto Rico mag sie, sie hat einige Freunde hier gefunden. Als sie hergezogen ist, konnte sie nur ihr brüchiges Schulspanisch, jetzt beherrscht sie die Sprache schon relativ gut. Sie hat sich über dem Laden ihre kleine Wohnung eingerichtet und erkundet an ihren freien Tagen Puerto Rico und auch die Nachbarländer. Sie lebt ihr Leben. Wenn die Läden schließen, sitzen Luisa wie auch andere Inhaber von Geschäften oft noch zusammen am Strand und lassen den Tag gemeinsam ausklingen.

Sie verbringt oft ihre Mittagszeit, in der die Läden geschlossen sind, am Strand oder geht mit Freunden etwas essen. Sie hat nicht solche festen Freunde wie in Massachusetts, doch viele gute Bekannte, die ihr den Alltag hier versüßen. Ihre Eltern hat sie gerade erst gesehen, am zweiten Todestag von Shay. Sie ist nach Hause geflogen, und da ihr Vater in knapp drei Wochen sechzig wird, sehen sie sich gleich wieder, sodass sie zu der Feier heute nicht extra hergeflogen sind, doch sie kommen immer mal her und unterstützen Sophie auch weiterhin.

Sie läuft durch den Laden, ihre Mitarbeiterinnen schenken Getränke aus, die Leute sehen sich ihre Kleider und alles andere an. Das hier wird ein kleines Dankeschön an ihre Freunde, Geschäftsnachbarn und Stammkunden, und der Laden sowie die geschmückte Veranda vor dem Laden sind voll.

»Sophie, alles Gute, ich wünsche dir weiterhin viel Glück. Ich habe dir ein Duftset zusammengestellt, das du bei der Klimaanlage befestigen kannst und das dann durch den ganzen Raum strömt.« Marina, aus dem Laden am Ende der Promenade, umarmt sie. »Danke, das werde ich morgen gleich austesten.« Jemand berührt sie an ihrer Taille, Sophie dreht sich um und sieht auf Antoni, der einen großen Strauß Rosen in der Hand hält, die er ihr überreicht. »Herzlichen Glückwunsch. Ich gratuliere dir und ich hoffe, du freust dich über mein Geschenk.«

Antoni ist mittlerweile ein guter Freund geworden. Als Lieferant von Lebensmitteln ist er oft auf der Promenade unterwegs und kennt alle Ladeninhaber und so haben auch sie sich angefreundet. Er kommt alle paar Tage vorbei und Sophie weiß auch, dass er sich mehr erhofft, wenn er Zeit bei ihr im Laden verbringt, doch Sophie hat momentan kein Interesse an einer Beziehung oder dergleichen und hat ihm das auch schon mehrmals versucht klarzumachen.

Doch der große Mann mit den hellbraunen Locken und dem immer sportlichen Look scheint das nicht ganz verstehen zu wollen, und er ist auch viel zu lieb, als dass Sophie ihm das allzu deutlich klarmachen möchte. Sie hofft einfach auf die Zeit, die ihm zeigen wird, dass außer Freundschaft nicht viel zwischen ihnen sein wird. Er tritt zur Seite und deutet auf zwei Männer, die hinter ihm stehen und sich gerade zwei Gläser Champagner nehmen. Verwundert sieht sie von den beiden Männern zu Antoni, ihr Geschenk?

Die zwei fallen hier sofort auf. Sie sind beide sehr durchtrainiert, einer trägt eine Glatze mit einer Tätowierung darauf, der andere kurze schwarze Haare, beide haben eine dunklere Hautfarbe als sie. Ihre Arme sind voller Tattoos, man spürt sofort, dass die zwei Männer gefährlich sind. »Sophie, das sind Nicky und Sergio, sie gehören zu den Da Silvas, ich habe dir doch davon erzählt. Ich habe mich für dich darum gekümmert, dass dein Laden ab sofort auch unter ihrem Schutz steht.«

Natürlich, sie hatten erst vor einigen Tagen darüber gesprochen. Hier in Puerto Rico ist es leider so, dass die Läden öfter überfallen werden, oft auch am hellichten Tag und Sophie ist es jetzt schon zweimal passiert, dass sie abends in ihre Wohnung wollte und gemerkt hat, dass jemand probiert hat, in den Laden zu kommen. Sie kann nur froh sein, dass ihr Vater solch ein gutes Schloss eingebaut hat, doch die meisten Ladenbesitzer nehmen inzwischen die Hilfe der Da Silvas in Anspruch.

Seit einigen Tagen sollen auch irgendwelche Männer herumlaufen und Geld von den Ladenbesitzern verlangen, die noch keine Familia für ihnen Schutz bezahlt haben und Geld einfordern, damit man unter ihrem Schutz steht. Doch wirklich sicher kann man nur mit den Da Silvas sein, zumindest sagen das alle, die hier schon lange Geschäfte haben oder sich in diesen Sachen auskennen. Die Da Silvas sind eine Familia.

Sophie hat nicht so ganz genau verstanden, was das alles bedeutet, doch sie stellt sich das in etwa wie eine Sicherheitsfirma vor. Die beiden Männer reichen ihr die Hand. »Einen schönen Laden hast du hier. Wir haben gehört, dass es bereits Probleme gab und dein Freund denkt, wir könnten dir da helfen.« Die beiden Männer haben große Hände, und auch wenn Sophie beruhigt sein sollte, dass sie bei ihr schon solch einen beängstigenden Eindruck hinterlassen und es dann sicher bei allen Einbrechern tun werden, weiß sie nicht genau, was sie sagen soll.

»Ja, die gab es tatsächlich und ich habe auch schon gehört, dass euer Schutz sehr erfolgreich sein soll.« Jemand ruft Antoni und er entschuldigt sich einen Moment, während der Mann mit der Glatze einen Anruf bekommt und annimmt. Nun steht Sophie nur noch mit dem anderen Mann auf der Terrasse.

Obwohl er furchteinflößend wirkt, ist er ein sehr hübscher Mann. Neben seinem großen durchtrainierten Körper fallen ihr seine markanten und schönen Gesichtszüge auf, er hat einen Dreitagebart und sehr weiche dunkle Augen, die sie leicht amüsiert anblicken. Es deuten sich tiefe Grübchen auf seinen Wangen ab, wenn er lacht, was im starken Kontrast zu seinem sonstigen Auftreten sehr sympathisch wirkt.

»Das ist es. Wenn wir uns darum kümmern, brauchst du dir keine Gedanken mehr zu machen. Antoni meinte, du wohnst auch in dem Laden?« Es fühlt sich merkwürdig an, dass der Mann, Nicky, sie gleich duzt, sie kennen sich nicht; auch wenn sie erst 22 ist, ist sie es doch so gewohnt, erst einmal etwas förmlicher zu sein. »Ja, oben drüber ist eine kleine Wohnung.«

Dieser Nicky sieht in den Laden und nickt. »Das sollte kein Problem sein, wenn wir uns darum kümmern, könntest du auch ohne abzuschließen schlafen, dann brauchst du dir keine Gedanken mehr zu machen.« Das wäre gut und dass die Männer der Da Silvas Eindruck hinterlassen, davon kann sie sich gerade selbst überzeugen. »Und wie genau funktioniert das alles? Wie wissen die Leute, dass dieser Laden unter eurem Schutz steht?« Der andere Mann kommt wieder und sagt etwas zu Nicky. »Eigentlich würde ich mir den Laden nochmal ansehen und all das mit dir besprechen, doch wir müssen los und hier ist heute eh zu viel los. Herzlichen Glückwunsch noch mal ...«

Er greift in seine Hosentasche und zieht eine Karte heraus, die er ihr in die Hand gibt. Als sich dabei ihre Finger berühren, blickt sie einen Moment in seine sanften Augen und er lächelt. »Ich komme die Tage noch einmal vorbei und wir besprechen alles genau, sollte davor etwas sein, ruf an. Grüß noch einmal deinen Freund und wir sehen uns die Tage.« Sophie ist ganz verwirrt und räuspert sich. »Er ist nicht mein Freund.«

Nun hebt Nicky seine Augenbrauen und der andere Mann hebt seine Hand, um sich zu verabschieden. »Bist du dir sicher? Er hat uns schon für ein Jahr bezahlt, das ist mehr als eine freundschaftliche Geste, aber gut ... wir sehen uns dann.« Sophie atmet durch, als die beiden Männer die Terrasse verlassen und zu einem teuren silbernen Auto laufen. Sophie sieht, wie alle die beiden respektvoll betrachten und ihnen Platz machen, dann wendet sie sich um, wo Antoni ihr im Gespräch mit Luisa vertieft trotzdem zuzwinkert.

Diesen Schutz sollte sie unbedingt annehmen, auch ihr Vater hat sie schon gebeten, sich um mehr Sicherheit zu kümmern, doch sie möchte bei niemandem in der Verpflichtung stehen, deswegen geht sie die Treppen hinab und läuft den Männern hinterher. »Entschuldigung, ich habe noch eine Frage ...« Dieser Nicky bleibt stehen; als sie sich vor ihn stellt, ist er genau einen Kopf größer und sieht sie mit einem interessierten Ausdruck im Gesicht an.

»Ich würde ... ich mag es nicht, jemandem etwas schuldig zu sein. Ich bin Antoni sehr dankbar für die Idee, doch könnte ich erfahren, wie viel es mich kosten würde, wenn ich alleine für dieses Jahr aufkommen würde?« Einen Moment sieht Nicky ihr in die Augen, dann bildet sich ein hübsches Lächeln auf den Lippen und seine Grübchen zeigen sich ganz. »Das können wir auch gerne so machen, wie gesagt, ich komme die Tage noch einmal vorbei, dann klären wir das alles.«

Sie nickt und er lächelt noch einmal und steigt dann zusammen mit dem anderen Mann ins Auto. Wenn das in Puerto Rico dazugehört, um sicher zu sein, wird Sophie auch das tun, um sich ihren Traum nicht zerstören zu lassen.

Entdecken Sie die atemberaubende Welt von Jaliah J. ...

Zwei Leben, die unterschiedlicher nicht sein könnten und doch miteinander verknüpft sind.

Folgt Hailey und Selena auf ihrem aufregenden Weg in einen neuen
Lebensabschnitt und lauscht dem bittersüßen Herzschlag des Lebens.